LE
PETIT POUCET

ET

LA GRANDE OURSE

PAR

GASTON PARIS

PARIS

LIBRAIRIE A. FRANCK

(F. VIEWEG, PROPRIÉTAIRE)

Rue Richelieu, 67

1875

Nogent-le-Rotrou, imprimerie de A. Gouverneur.

OFFERT

A

L'UNIVERSITÉ DE LEYDEN

LE 8 FÉVRIER 1875

AVANT-PROPOS.

Ce travail, qui a déjà paru dans le tome premier des *Mémoires de la Société de linguistique de Paris*, est imprimé sous cette nouvelle forme, revue, corrigée et augmentée, depuis bientôt trois ans. S'il n'a pas été publié plus tôt, c'est que je désirais le munir d'une préface que je n'ai pas écrite. Je ne comptais pas la faire bien longue, car ç'eût été charger mon petit héros d'un fardeau disproportionné, mais précisément parce que je voulais dire beaucoup de choses clairement et en peu de mots, je n'ai pu jusqu'ici trouver en même temps le loisir et la disposition nécessaires. J'aurais exposé dans cette préface l'état actuel de la science dans la question de l'origine des contes; j'aurais émis à ce sujet quelques vues personnelles, et surtout j'aurais indiqué la méthode qui, suivant moi, doit être appliquée à ce genre d'investigations. Je regrette de n'avoir pas écrit cette dernière partie : mon mémoire, tel qu'il est, pèche précisément du côté de la méthode, et je tenais à montrer que je n'ignorais pas les règles qu'on peut me reprocher de n'avoir pas rigoureusement suivies. Mon étude sur Poucet, qui paraît avec la date de 1875, remonte à 1868; elle est en réalité mon premier pas dans un domaine nouveau pour moi. Je ne me dissimule pas qu'on y sent quelque tâtonnement. J'ai suivi l'ordre dans lequel les faits et les idées se sont successivement présentés à moi, plutôt que celui dans lequel ils s'enchaînent en eux-mêmes. La conclusion peut paraître aventurée, et elle a été, dans le sein de la Société où j'ai lu mon travail, l'objet de critiques dont certaines sont peut-être fondées. J'aurais aussi voulu répondre à ces objections, mais si je remets encore à beaucoup de lendemains, mon petit livre ne sortira jamais de la prison noire où, comme Daümling lui-même, il est enserré depuis si longtemps. L'occasion de dire ce que je voudrais dire sur ces questions se retrouvera ; celle de mettre au jour ce petit volume se présente si bien que je la saisis. Chargé de représenter l'école des hautes Etudes au jubilé trois fois séculaire de l'Université de Leyden, je n'ai pas voulu arriver les mains tout-à-fait vides : c'est un bien petit cadeau que j'offre à mes savants collègues : puissent-ils dire : δόσις γ' ὀλίγη τε φίλη τε !

Je joins encore ici une variante languedocienne qui
m'a été communiquée l'année dernière par M. Langlade,
le *félibre* de Lansargues, que j'en remercie vivement.
M. Mistral m'a dit que le conte, sous une forme très-voi-
sine, était populaire en Provence ; le héros y porte le nom,
difficile à traduire, mais explicable par les inconstances
de sa naissance (cf. *Pantagruel*, II, 27) de *Pedoun-
Pedet*. Quant à celui de *Peperelet*, il est identique au
Grain-de-Poivre grec.

PEPERELET.

I'aviè na fes una fenna que faguèt un enfant
tan pichotet, pichotet, pichotet, qu'èra pas pus
gros qu'una fura : es pèr acò que lou batejèroun
Peperelet. Mès amai seguesse pichotet èra talamèn
brave que sa maire n'èra bauja. Tabe quand s'en
anèt soul pèr la paga, qu'èra tan brave, d'un
sugaman ie faguèt un parel de braietas, una
camisa, un pichot bourdou, un boumbetet et una
bounetela ; emb' acò semblava un omenet.

Un jour que sa maire aviè quioch, ie fai : « Peperelet, vai t'en pourtà quela fouasseta à toun paire
e à tous fraires que buscaioun dines lous bos. »
E Peperelet qu'èra de bona commanda : « Oûi,
s'hou dis, maire, ie vou. » Pren la fouasseta joutà
soun brasset, e dran dran s'en vai coum' un
omenet. En camin véi veni lou loup ; pecaire ! se
dona pòu e vai se rescondre jout'un caulet. Lou
loup passet sens lou véire ; mès la vaca que tre-
vava pèr aqui mangèt lou caulét amai lou paure
Peperelet.

Après un brieu, sa maire que lou vei pa veni,
vai defora en lon sounan : res ie respond. A la
fin qu'a proun sounat : « Peperelet ! Peperelet ! »
ausis una vosseta que ie respond : « Soûi aici,
maire. — Ounte ? — Dins lou ventre de la
vaca. » La maire mena la vaca à la jassa, e quand
caguèt, caguèt Peperelet embè la bousa. Alors sa
maire lou prén, lou mes dins una gauda plena
d'aiga, pioi lou lava ben, l'assuya ben, ie lava
sa fata, e quand saguèt seca, ie carga sa camiseta,
sas braietas, soun pichot gourdoun, soun boumbetet ; e lou gal cantèt, e la sourneta feniguèt.

—

LE PETIT POUCET

ET

LA GRANDE OURSE.

En lisant l'excellent *Dictionnaire étymologique de la langue wallonne*, de M. Charles Grandgagnage, j'ai été frappé d'une expression dont je n'avais encore remarqué le pendant nulle part. La voici[1] :

« *Chaur-Pôcè* (la Grande-Ourse, verb. : le *char-Poucet* : des huit étoiles dont semble formée cette constellation, les quatre en carré représentent, selon les paysans, les quatre roues d'un char, les trois qui sont en ligne sur la gauche sont les trois chevaux, enfin, au-dessus de celle de ces trois qui est au milieu, il s'en trouve une petite qu'ils regardent comme le conducteur du char et qu'ils nomment *Pôcè*). »

I

Dans cette intéressante notice sont contenus quatre faits qu'il me sera permis de
considérer séparément pour mieux m'en
rendre compte. Il résulte, de l'expression
recueillie et expliquée par le savant lexicographe liégeois : 1° que les habitants du pays
wallon se représentent la constellation que
nous appelons Grande-Ourse comme un chariot ; 2° que les quatre étoiles α β γ δ sont
pour eux les quatre roues du char, et les
étoiles ε ζ η les trois chevaux qui le traînent ;
3° que la petite étoile à peine visible à l'œil
nu, appelée par les astronomes *g*, qui se
trouve au-dessus de ζ, est à leurs yeux le
conducteur du char ; 4° qu'ils appellent ce
conducteur *Pôcè*, c'est-à-dire *Poucet*. Voyons
rapidement en quoi chacune de ces idées est
propre au peuple wallon, en quoi elle lui est
commune avec d'autres.

I.

On sait que les peuples indo-européens ne
possèdent pas et n'ont jamais possédé de
religion proprement sidérale. Les dieux de
notre race sont la personnification, plus ou
moins distincte et plus ou moins ancienne,

des grands phénomènes naturels. Née probablement dans un pays de montagnes, sous les
climats violents de la Haute Asie centrale, la
religion indo-europénne porte dans chacun de
ses mythes la trace de la joie ou de l'effroi que
jetaient dans l'âme encore presque uniquement
sensible des hommes d'autrefois les convulsions
terribles, mais souvent bienfaisantes, qu'ils
avaient à subir sans moyens de s'en défendre.
Si l'on ose émettre une opinion sur les ori-
gines, encore bien obscures, des religions
sémitiques, elles semblent s'être développées
chez un peuple plus réfléchi, moins passionné,
et soumis à des conditions de vie différentes.
Les grandes plaines où se sont assises les
premières civilisations sémitiques n'offraient
pas les spectacles grandioses et saisissants des
pâturages montagneux où la divinité se révé-
lait dans les orages; la sérénité des nuits, la
transparence de l'air, l'absence de lignes qui
arrêtassent les regards, tout contribuait à
reporter vers le ciel les yeux des pâtres qui
menaient leurs troupeaux dans ces immenses
prairies. Aussi les Chaldéens furent-ils, d'après
la tradition de toute l'antiquité, les premiers
astronomes; mais avant qu'ils eussent l'idée
d'observer scientifiquement la marche des
astres, ils avaient adoré leur splendeur. Les

cinq grandes planètes leur semblèrent particulièrement avoir quelque chose de divin : au milieu de l'immobilité des étoiles, elles seules se mouvaient, et leur course paraissait naturellement volontaire avant qu'on en eût constaté la régularité et calculé les variations. Avec le soleil et la lune, doués du même mouvement, les cinq grandes planètes constituèrent donc l'heptade sacrée des Babyloniens, heptade qui domina non-seulement leur culte, mais plus tard leur science, et qui s'est conservée jusqu'à nos jours dans notre semaine, à chacun des jours de laquelle préside en réalité une des planètes : les noms des dieux assyriens, changés par les Grecs, suivant leur usage, en ceux des dieux helléniques, puis transposés de nouveau par les Romains, ont disparu dans cette double transformation; mais les noms de leurs remplaçants latins désignent encore pour nous cinq jours au moins de la semaine, tandis que chez les peuples germaniques, subissant une traduction nouvelle, ils sont détrônés par ceux des vieilles divinités tudesques. C'est un des cas, devenus moins rares depuis les belles découvertes contemporaines, où notre civilisation se reconnaît l'héritière de ces antiques sociétés orientales qu'on croyait mortes sans avoir laissé de

traces ; nous retrouvons plus d'une fois avec
étonnement, dans nos idées les plus habituelles,
dans les notions qui nous sont les plus fami-
lières, la manière de penser et de sentir de
ces peuples qui nous apparaissent si lointains.
Nous devons signaler et raviver de tels sou-
venirs avec une reconnaissante piété.

Mais ce n'est point là le sujet de cette étude.
Je veux seulement constater que les religions
indo-européennes ne nous offrent rien de semblable au culte planétaire. Jacob Grimm s'est
étonné de cette lacune chez les Allemands :
elle leur est commune avec leurs frères. Les
peuples de l'Europe, au moins, ne semblent
même pas avoir eu de noms pour désigner les
planètes : ceux qu'ils leur ont donnés sont,
comme nous venons de le dire, empruntés aux
Orientaux. Vénus seule, généralement divisée
en *étoile du soir* et *étoile du matin*, a été l'objet de légendes mythologiques et de dénominations diverses* ; les quatre autres planètes
ne sont mentionnées, si je ne me trompe, avec
des noms particuliers, dans aucun texte ancien
antérieur à l'introduction en Grèce de l'astronomie asiatique.

L'impression produite sur nos ancêtres par
le ciel étoilé fut tout autre. Ils en restèrent

pour les astres à ce premier état qui semble avoir précédé, même à l'égard des autres phénomènes naturels, l'état proprement religieux. Ils se bornèrent à transporter dans le ciel les objets qui leur étaient le plus familiers sur la terre : ils le peuplèrent comme ils pouvaient se représenter que serait peuplé un vaste champ. Cette conception naïve s'est conservée en partie, mêlée à bien d'autres choses, dans ce singulier catalogue des astres que nous a transmis la Grèce et qui contient le plus souvent des inventions toutes personnelles, des légendes relativement modernes et même, comme on sait, un bon nombre de flatteries d'astronomes officiels. Deux choses caractérisent les plus anciennes dénominations astronomiques, celles que nous pouvons sans crainte reporter aux plus anciens temps de l'existence de notre race : elles ne portent que sur les groupes d'étoiles les plus visibles et les plus naturellement constitués, — elles considèrent moins, pour établir leurs analogies, les lignes qu'on peut tracer en passant par les étoiles que ces étoiles elles-mêmes, prises chacune à part. Cette dernière remarque est due à Jacob Grimm, qui a vu avec raison dans ce trait le signe ordinaire d'une haute antiquité. Il faut ajouter que les noms de cette catégorie se retrouvent d'habitude, ou identiques ou analogues, chez la plupart des peuples qui composent la grande famille à laquelle nous appartenons. Pour nous en tenir à cette constellation splendide dont la forme presque régulière frappe tout d'abord les yeux qui se lèvent au ciel par une belle nuit, nous trouvons chez différents peuples indo-européens, avec quelques variantes, une même manière de se la représenter. Je ne parle pas ici du nom d'Ourse (Ἄρκτος) qui, comme l'a fort bien montré M. Max Müller, repose sur une simple erreur étymologique et veut proprement dire «étoile»[3] : il est clair qu'il n'a aucun rapport avec la forme de la constellation, et Grimm conjecturait en vain, pour expliquer ce nom bizarre, que les trois étoiles supérieures avaient d'abord rappelé l'image de la queue d'un ours, et qu'on avait alors donné à l'ensemble le nom de l'animal, sans y regarder de trop près pour la ressemblance du corps. La représentation habituelle qu'on s'est faite de la Grande-Ourse a été celle d'un *char*[4], et ce nom, qui remonte à une si haute antiquité, nous indique assez bien quelle pouvait être la plus antique forme du char. Les quatre *roues*, qui sont presque placées aux quatre angles d'un carré parfait, nous font penser à ces grands tombereaux,

comme on en voit encore dans nos campagnes,
qui sont à peu près aussi larges que longs, et
forment, par leurs quatre pans droits et hauts,
une sorte d'édifice massif que supportent quatre
roues basses.

Les nations diverses sont d'accord en effet
pour attribuer aux quatres étoiles α β γ δ le
rôle des quatre roues [5]. Mais elles varient sur
la valeur qu'elles donnent aux trois étoiles qui
se trouvent au devant. Les unes en font le
timon du char, les autres en font les bêtes qui
le traînent. La conception hellénique appar-
tenait à la première catégorie, comme le montre
le scholiaste d'Aratos sur le vers 27 (Ἄρκτοι
ἅμα τροχόωσι τὸ δὴ καλέονται ἅμαξαι) des *Phénomènes* : τῶν τεσσάρων ἀστέρων ἀντὶ τροχῶν
παραλαμβανομένων, τῶν δὲ τριῶν τῆς οὐρᾶς ἀντὶ
ῥυμοῦ. La même manière de se représenter la
constellation est indiquée par le latin *temo*,
qui désigne soit le groupe entier, soit les trois
étoiles antérieures [6] ; elle est d'ailleurs expri-
mée clairement dans ce vers ajouté par Domi-
tien dans sa traduction d'Aratos : *Tres temone,
rotisque micant sublime quaternae*. On la retrouve
dans l'allemand *deichsel*, nom donné à ces trois
étoiles (et qui, en anglo-saxon, peut désigner
aussi (*thisl*) la constellation tout entière [7]), et

dans le tchèque *ogka* « timon, » pour les trois
étoiles de devant [8].

A la seconde manière de comprendre la
figure se rattache, nous l'avons dit en com-
mençant, la représentation wallonne : les trois
étoiles de devant sont les trois chevaux en
ligne. Laquelle de ces représentations est la
plus ancienne? Il ne faut pas attacher grande
importance à ce que la seconde n'est constatée
que dans un patois moderne, tandis que la
première se trouve en latin; on sait assez
qu'en mythologie comparée l'antiquité des faits
est bien différente et fort souvent inverse de
celle des documents qui les offrent : d'ailleurs
je chercherai tout à l'heure à montrer que
plusieurs autres peuples ont eu la même idée.
La question revient en somme à celle-ci : quel
est le plus ancien mode d'attelage? a-t-on
commencé par atteler les bœufs (car il est clair
que pour trouver la forme antique de la conception wallonne il faut remplacer les chevaux
par des bœufs) deux à deux sous le joug de
chaque côté d'un timon, ou bien les a-t-on
d'abord attachés au char par des cordes, l'un
à la file de l'autre, avant d'inventer les bran-
cards? Je laisse la question à résoudre aux
archéologues : je ferai seulement remarquer
que la manière de comprendre les trois étoiles

comme trois bœufs, au lieu de se figurer la ligne qui les traverse comme le timon, est, d'après l'ingénieuse remarque de Grimm, celle qu'on est porté à regarder comme la plus primitive.

Cette idée de trois bœufs rappelle une dénomination latine, usitée à côté de *plaustrum* et de *temo*, et qui semble aller plus loin encore dans la même voie : je veux parler de *septem triones*. Tout le monde a jusqu'à présent adopté l'explication de Varron, d'après lequel ce nom désigne sept bœufs de labour. Seulement Preller pense qu'on appelait *triones*, pour *te-riones*, de *terere*, les bœufs occupés à battre le blé dans l'aire[9], et il a fort ingénieusement rapproché ce mot d'une croyance rapportée par Grimm. On sait que la Grande-Ourse prend dans le ciel différentes positions[10], de manière que les trois étoiles ε ζ η se trouvent dirigées dans des sens différents ; aussi dit-on en Suisse que le chariot se retourne à minuit avec un grand bruit[11], et c'est une superstition qui se retrouve dans beaucoup d'endroits. Preller suppose que c'est ce qui a fait choisir, pour les placer au ciel, des *triones* qui font le tour de l'aire, au lieu de simples bœufs (R. *M.*, p. 250). Mais tout récemment M. Max Müller

a voulu expliquer le mot *septemtriones* par
une méprise analogue à celle qu'il a constatée
pour ἄρκτος. *Triones*, d'après lui, ne voudrait
pas dire « bœufs ; » ce mot, qui ne se rencontre nulle part, serait une pure invention
de Varron pour satisfaire à l'étymologie qu'il
avait en tête, et *triones* serait pour *striones
steriones (cf. *tego taurus truncus* pour *stego
*staurus *struncus*) et voudrait dire « étoiles ; »
on aurait appelé la constellation tout simplement « les sept étoiles, » à côté du nom in-
dépendant de *plaustrum*. On peut voir une
confirmation de cette hypothèse dans la forme
septemtrio, qui répondrait au *Siebengestirn*
(= les Pléiades) des Allemands[12]; *trio* ou
sterio signifierait alors « assemblage d'étoiles, »
comme *Gestirn*; la forme singulière serait la
plus ancienne, et le pluriel irrationnel se serait
introduit sous l'influence du mot *septem*. —
Toutefois, je ne puis dissimuler qu'il y a plus
d'une objection à l'ingénieuse conjecture de
M. Müller. Il paraît d'abord singulier que l's,
si bien conservée dans *sterula stella*, soit tom-
bée dans le mot *sterio trio*. Il est bien vrai
ensuite qu'il faut se méfier des mots que
Varron cite à l'appui de ses étymologies[13],
surtout quand ils ne se rencontrent pas ailleurs[14]; mais il est peut-être téméraire de

supposer que quand il dit : « Encore aujourd'hui les bouviers appellent *triones* les bœufs de labour, » il invente complètement le mot et le sens. Cette supposition devient encore plus invraisemblable si on remarque que le premier auteur de cette explication n'est pas Varron, mais Aelius Stilo, qu'Aulu-Gelle (XVI, 8) appelle *magister Varronis*, et dont l'autorité, outre qu'elle est sensiblement plus ancienne, est de toutes façons plus considérable. C'est ce qui ressort d'un passage d'Aulu-Gelle que M. Max Müller n'a pas relevé, et qui me paraît décisif[14]. D'ailleurs si *trio*, au sens de « bœuf, » ne se trouve que dans les grammairiens cités[15], au sens d' « étoile » il ne se trouve nulle part, et le nom propre *Trio*, qui a appartenu au moins à deux familles romaines[16], semble un sobriquet emprunté à un bœuf plutôt qu'à un astre[17]. Mais ce qui me fait surtout hésiter à entrer dans les vues du savant professeur d'Oxford, c'est que je comprends autrement que lui les appellations de *boves* et *temo*, appliquées par le même Varron à notre constellation, et dont il fait une seule et même désignation, tandis que j'y vois deux noms distincts. Il est à remarquer, en effet, comme je l'ai dit plus haut, qu'on ne trouve jamais *boves et temo*, pour dire la Grande-Ourse, en dehors de ce passage, dont le contexte se prête d'ailleurs très-bien à mon explication. Je crois donc que les Romains ont appelé nos sept étoiles « les sept bœufs, » *septem boves* ou *septem triones*, et je signale ces noms comme nous offrant sans doute le seul vestige romain d'une autre compréhension de la constellation polaire, compréhension plus simple encore que celle du char, et dans laquelle les sept étoiles sont pleinement indépendantes les unes des autres et ne tiennent de leur assemblage d'autre rapprochement qu'une représentation identique. Cette dénomination serait la plus primitive d'après l'observation de Grimm rapportée plus haut : l'idée de concevoir les astres isolés comme des bœufs paissant dans le champ céleste est d'ailleurs très-naturelle, et on verra plus loin qu'on peut en retrouver la trace ailleurs.

Je reviens à l'idée du char traîné par trois bœufs ou chevaux, qui est celle du pays wallon, et, je pense, de la plupart de nos provinces. Le troisième point de la définition wallonne, c'est que la petite étoile qui se trouve au-dessus de ζ est *le conducteur du char*. L'idée d'un conducteur au char céleste se retrouve ailleurs ; seulement d'autres peuples le placent, non pas là, mais au devant du char ; il marche en tête de l'attelage, et c'est pourquoi je pense que très-anciennement on s'est représenté le char non pas comme abandonné et immobile, ce que suppose l'addition pure et simple du timon, mais comme traîné et mis en mouvement par les trois bœufs attelés. Ce conducteur est appelé par les Grecs βοώτης, le bouvier ; mais la dénomination postérieure d'ἄρκτος, appliquée à la constellation qu'il touche de près, lui fit donner plus tard le nom d'ἀρκτοῦρος ou ἀρκτοφύλαξ, et on l'encadra dans la fable de Callisto changée en ourse et placée au ciel. Mais le βοώτης a aussi ses légendes, évidemment plus anciennes : d'après l'une d'elles [19], Icarios, père d'Erigone, ayant chargé *un char* d'outres pleines de vin, le conduisit dans l'Attique et distribua aux laboureurs les présents de Dionysos ; ceux-ci, quand ils ressentirent les effets de l'ivresse, se crurent empoisonnés, se jetèrent sur Icarios et le tuèrent, mais Zeus le transporta dans le ciel avec sa fille Erigone et le chien fidèle qui avait assisté à sa mort et qui révéla la place où était jeté son cadavre [20], — et sans doute aussi avec son char ; car ce doit être là le premier motif de toute l'histoire. Une autre légende plus simple [21] raconte que Philomelos, fils de Demeter et d'Iasion, avec le peu d'argent qu'il avait, acheta deux (trois?) bœufs, et fabriqua le premier char : et sa mère admira tant son invention qu'elle le transporta au ciel avec son char et ses bœufs, « arantem eum inter sidera constituisse et Bootem appellasse. » — Cette variante nous fait voir dans la constellation principale, non plus un char proprement dit, mais une charrue (bien qu'elle dise *plaustrum*), et nous retrouverons la charrue par la suite : entre les deux il y a d'ailleurs évidemment une grande affinité [22].

En regard des fables si nombreuses où les Grecs nous montrent des héros transportés parmi les astres, se placent les légendes germaniques qui nous représentent des personnages condamnés à faire éternellement là-haut ce qu'ils ont trop aimé ici-bas. On sait que le chasseur sauvage donna sa part de paradis pour son plaisir favori, ce qui fait qu'il est condamné à chasser à outrance jusqu'à la fin du monde. De même, d'après une tradition allemande (Grimm, *D. M.*, 688), « un charretier mena un jour Notre Seigneur ; en récompense, celui-ci lui promit le royaume du ciel [23], mais le charretier dit qu'il aimait mieux conduire éternellement sa voiture d'orient en occident. » Son vœu fut exaucé : le char est au ciel [24], « et l'étoile la plus haute des trois étoiles antérieures, celle qu'on appelle *le cavalier*, dit Grimm, c'est le charretier. » Grimm a fait ici une erreur ; les trois étoiles du timon ou les trois bœufs (chevaux) de l'attelage ne peuvent être interrompus par un personnage humain. Il s'agit ici, comme dans les autres récits analogues, de cette petite étoile qui s'appelle en effet *le cavalier*, et à laquelle les modernes ont transporté l'histoire et les attributions du βοώτης [25]. Le nom de cavalier, *reiter*, lui convient fort bien si on se représente une voiture attelée de trois chevaux : sur celui du milieu, le *postillon* est en selle. On l'appelle en effet ainsi en France ; je lis dans le *Cours d'Astronomie* de M. Delaunay [26] : « On donne aussi quelquefois à la Grande-Ourse le nom de Chariot : α β γ δ sont les roues, ϵ ζ η sont les chevaux ; une toute petite étoile, située tout près de ζ, figure le postillon [27]. »

Voilà donc plusieurs nations chez lesquelles les quatre étoiles disposées en carré, les trois étoiles antérieures et la petite étoile située au-dessus de ζ, figurent la même chose que chez les Wallons. Le nom de *Poucet* donné à cette petite étoile n'est pas propre non plus aux Français du nord : Jacob Grimm nous apprend qu'en Basse-Allemagne on l'appelle *dümeke*, à Osnabrück *dümke*, dans le Mecklembourg *düming*, dans le Holstein on dit : *Hans Düm- ken, Hans Dümkt sitt opm wagn*[18]; dès le XVIIe siècle, Prætorius parle *de pollicari au- riga, dümeke fuhrman (D. M.,* p. 689)[19]. Ne trouverait-on pas quelque sens analogue aux mots lithuaniens *gryjulio, gryjdo rats (rats = roues, char)*, que Grimm n'a pas expli- qués? Il est certain que ce nom n'est pas inconnu des Slaves : Grimm cite, d'après le dictionnaire de Jungmann, l'expression tchèque *paleçky u wozu,* « Poucet en char, » pour la Grande-Ourse.

II.

Reste à savoir maintenant quel rapport on a pu établir entre le petit Poucet et le con- ducteur du char céleste, pourquoi on a pensé à ce héros lilliputien pour lui confier la direc- tion de ce colossal attelage. C'est ce qui s'ex- pliquera si on recherche la plus ancienne forme des contes de Poucet et ce qui aidera en même temps à démêler cette plus ancienne forme à travers les mille variantes qu'a reçues chez les peuples divers cette odyssée en miniature.

Des contes qui se rattachent à ce cycle, ceux que j'ai réunis jusqu'à présent et que j'examine ici sont les contes :

1° lithuanien (Schleicher, *Litauische Mærchen*, Weimar, 1857, p. 7);

2° grec (Hahn, *Griechische und albanesische Mærchen*, Leipzig, 1864, t. I, p. 301);

3° albanais (Hahn, t. II, p. 115);

4° allemands. 1. Grimm, *Kindermærchen*, t. I, n° 37 (rhénan) et n° 45 (hessois); cf. t. III, *ib.* — 2. (souabe) Birlinger, *Volksthümliches aus Schwaben*, Freiburg, 1861, t. I, p. 354 [30]);

5° norvégien (Asbjœrnsen et Moe, *Norske Folke-Eventyr*, 3° éd., Christiania, 1866, p. 214);

6° esclavon [31] (Vogl, *Slavonische Volksmærchen*, Wien, 1837, p. 187-233);

7° roumain de la Bukowina (publié en allemand par Staufe dans Wolf, *Zeitschrift für deutsche Mythologie*, t. I, p. 48).

D'autres contes, que je n'ai pu lire, sont indiqués par Grimm qui en cite çà et là quelques traits que je relèverai s'il y a lieu.

Les contes anglais (*Tom Thumb*) et français doivent être examinés à part.

Un assez grand nombre de ces contes ont une introduction qui nous indique clairement que le héros du récit est un être merveilleux et surnaturel. Il ne naît pas comme les autres hommes : il est miraculeusement accordé à des parents affligés d'une longue stérilité. C'est là un trait qui, presque partout où il se rencontre, nous annonce que nous sommes en présence d'un récit véritablement mythique. Le conte lithuanien n'a conservé qu'un vague souvenir de ce fait : « Il y avait une fois un homme et une femme qui n'avaient pas d'enfants, mais ils étaient riches. Enfin ils eurent un enfant qui n'était pas plus grand que le pouce. » — Le début du *Daumesdick* rhénan est plus intéressant : « Il y avait un pauvre paysan, qui était un soir assis au coin de son feu et tisonnait, pendant que sa femme filait à côté de lui. Il dit : Comme c'est triste de ne pas avoir d'enfants! Notre maison est toujours silencieuse, quand ailleurs c'est si bruyant et si joyeux. — Oui, répondit la femme en soupirant, si nous en avions seulement un seul, quand même il serait tout petit, pas plus grand que le pouce, j'en serais contente; nous l'aimerions bien. Et il arriva que la femme s'alita, et au bout de sept mois, elle mit au monde un enfant qui était bien fait de

tous ses membres, mais qui n'était pas plus
grand que le pouce. Ils dirent alors : Il est
comme nous l'avons souhaité, et ce sera notre
cher enfant, et à cause de sa taille ils l'appe-
lèrent Poucet (Daumesdick). Ils ne le laissèrent pas manquer de nourriture, mais l'enfant ne grandit pas ; il resta comme il avait
été à la première heure [32]. » — Le conte esclavon est presque pareil ; seulement les parents supplient Dieu de leur envoyer un fils,
« quand il ne serait pas plus gros qu'un moineau... L'enfant qui leur naquit n'était guère
plus gros qu'ils ne l'avaient désiré, c'est pourquoi ils lui donnèrent le nom de *Kerza* (moineau). » — Le conte grec de *Grain de poivre*
qui d'ailleurs n'est qu'un fragment et s'est
confondu, dans la version recueillie par
M. Hahn à Smyrne, avec une autre histoire,
a un début plus extraordinaire encore : « Il
y avait une fois un vieil homme et une vieille
femme qui n'avaient pas d'enfants : un jour la
vieille alla aux champs et en rapporta une
corbeille de fèves, et la regardant elle dit : Je
voudrais que toutes ces fèves fussent des
petits enfants. A peine avait-elle parlé qu'une
bande de petits enfants sauta de la corbeille
et se mit à danser autour d'elle. Mais une
telle famille sembla trop considérable à la

vieille, et elle s'écria : Je voudrais que vous redevinssiez des fèves. A peine avait-elle parlé que les enfants grimpèrent vite dans la corbeille et y redevinrent des fèves, excepté un petit garçon que la vieille emmena avec elle à sa maison. Il était si petit qu'on l'appelait Grain de poivre, mais si gentil et si bon que tout le monde l'aimait [33]. » — Enfin le conte albanais nous introduit non moins clairement dans le domaine du merveilleux : « Il y avait une fois un vieux et une vieille à qui Dieu n'avait pas donné d'enfants. Ils s'enquirent ici et s'enquirent là, et on leur dit : « Si vous voulez faire des enfants, il n'y a qu'un moyen : prenez une outre et soufflez dedans pendant vingt jours et vingt nuits, et dans l'outre vous trouverez alors un enfant [34]. Ils firent ainsi, et après vingt jours ils trouvèrent dans l'outre un enfant gros comme une noisette. Ils le prirent, l'habillèrent et le nourrirent, mais il ne grandit plus, et quand il eut quinze ans il était toujours grand comme une noisette [35]. »

Ce préambule, qui a dû évidemment se trouver même dans les contes où on ne le rencontre plus maintenant, nous avertit de la vraie nature du récit : nous allons entendre les aventures d'un être merveilleux, divin même. C'est ce qui m'empêche de voir avec

Wilhelm Grimm des *légendes de Poucet* dans quelques épigrammes grecques dont il cite divers traits. Ces épigrammes sont des railleries, appartenant à ce genre de subtilités hyperboliques qu'on connaît chez les Grecs, contre des hommes petits. Ainsi Markos, enlevé par le vent, se rattrape à un fil d'araignée avec lequel, pendant cinq jours et cinq nuits, il opère sa descente du ciel; un autre est si petit qu'il perce de sa tête un grain de poussière et passe tout entier au travers; un autre chevauche sur une fourmi, mais elle le désarçonne et le tue d'une ruade, etc. C'est là un genre de plaisanterie dont le pendant exact se trouve dans cette singulière série d'épigrammes grecques sur un homme doué d'un nez monstrueux, série qu'un poète allemand de nos jours s'est amusé à continuer et à varier[36]. On retrouve ces jeux d'esprit chez les Romains; une épigramme de la décadence, adressée à un nain, lui dit : « La peau d'une puce te fait une robe trop large; une fourmi est pour toi un cheval de haute taille, etc.[37] » On les revoit au XVI° siècle, par exemple dans tout un petit cycle d'épigrammes sur le petit Migrelin, que le seigneur des Accords a inséré dans ses *Touches*[38]. Enfin de nos jours encore c'est à ce genre de plaisanteries que se rap-

porte la chanson enfantine du *petit mari*[20]. —
Toutes ces pièces ont un côté commun, c'est
qu'elles raillent la petitesse ; celui dont elles
parlent est toujours ridiculisé. Il n'en est pas
ainsi dans les contes de Poucet ; il est d'une
petitesse non pas ridicule, mais merveilleuse ; ce
qui fait l'intérêt du conte, ce sont les choses
extraordinaires qu'il accomplit grâce à sa
petitesse ; dans toutes les versions d'ailleurs,
il est plein d'esprit et de malice, et se tire
toujours d'une manière triomphante des mauvais pas où il lui arrive d'être engagé.

Le trait capital des contes divers qui nous
occupent, bien que dans plusieurs d'entre eux
il soit effacé et presque perdu au milieu des
autres, c'est celui-ci : Poucet conduit un attelage (soit un char, soit une charrue) en se
plaçant dans l'oreille d'une des bêtes qui le
composent (soit bœuf, soit cheval). C'est là à
mon avis le fond primitif de son histoire ;
c'est là le trait qui se retrouve chez tous les
peuples, tandis que les autres histoires qui lui
sont attribuées, créées par la fantaisie une
fois éveillée sur cet amusant petit être, diffèrent
d'ordinaire chez les peuples différents. Voyons
le récit plus ou moins varié de cet épisode
central.

Le conte lithuanien nous l'offre sous sa forme la plus simple : « Comme un jour sa mère voulait porter le déjeûner aux champs à son père, il la pria de le lui laisser porter. Eh! pauvre petit, qu'est-ce que tu pourras porter? dit sa mère. Mais il insista tant qu'elle y consentit. Quand il eut porté le déjeûner, il demanda à son père de le laisser labourer. Son père lui dit: Comment pourrais-tu labourer? laisse-moi tranquille. Le petit dit : Je me glisserai dans l'oreille du cheval. Il y grimpa et se mit à labourer. »—De même dans le conte esclavon, que je ne fais que résumer, Moineau va porter à manger à son père aux champs, obtient de lui la permission de labourer un peu à sa place, et, grimpant le long de la jambe d'un [des bœufs, s'installe dans son oreille d'où il le dirige fort bien. — Dans le conte grec de *Moitié de pois*, après le singulier début que j'ai cité tout à l'heure, le petit dit à sa mère : « Si tu veux ne pas me tuer, je porterai le manger à mon père aux champs. La mère l'envoya aux champs avec le pain et le vin pour son père. » Suit une espiéglerie de Moitié de pois qui n'a pas de rapport à notre sujet; le fait essentiel que nous cherchons manque; mais nous voyons Moitié de pois avalé par un des bœufs de son père, ce qui est intimement lié, comme nous le verrons plus bas, à son labourage. — L'histoire albanaise de *Noisette* a plus fidèlement gardé le souvenir du trait primitif, bien qu'elle l'ait un peu modifié : « Un jour on l'envoya aux champs pour labourer avec les bœufs ; il y alla, sauta sur la pointe de la charrue et dirigea fort bien les bœufs. » — Dans le conte roumain, le récit est très-tronqué, mais on y reconnaît encore le fonds ancien : « Un jour la mari alla labourer dans son champ ; la femme lui prépara de quoi dîner ; mais comme elle n'avait personne pour lui porter ses aliments, elle les donna à la souris, et celle-ci se chargea de la commission. » Suit la transformation de la souris en petit garçon (voy. sur ce point la note 35). « Il porta donc la nourriture au champ, et pendant que le mari mangeait, le petit diable alla à la charrue, et en un quart-d'heure, il laboura dix arpents de terre, plus que l'homme n'aurait pu faire en une semaine avec les bœufs les plus forts. » — Le conte allemand de Grimm, bien plus détaillé, a changé les bœufs en chevaux et le laboureur en bûcheron : « Le paysan, père de Poucet, se préparait un jour à aller dans la forêt chercher du bois ; il dit : Je voudrais bien avoir quelqu'un pour m'amener ma voiture après moi. — Oh! père, dit Poucet, je l'amènerai bien, comptez dessus; elle sera dans la forêt au bon moment. L'homme se mit à rire et dit : Comment pourrait-ce être? Tu es bien trop petit pour conduire le cheval par la bride. — Ça ne fait rien, père, si maman veut seulement atteler, je me mettrai dans l'oreille du cheval et je lui dirai comment il doit marcher. — Eh bien! dit le père, pour une fois nous essaierons.—Quant vint l'heure, la mère attela et mit Poucet dans l'oreille du cheval, et le petit criait au cheval *hue* et *hola* et *huho* et *dia;* il s'en tira si bien que la voiture arriva droit dans la forêt. » — C'est aussi du bois qu'il s'agit de charrier dans le récit souabe : « Au bout de quelques années le père prit avec lui son garçon quand il allait charrier du bois. Le petit avait une voix forte, et il s'acquittait de ses fonctions, placé dans l'oreille d'un des chevaux, car son père avait l'habitude de le placer là. » — Wilhelm Grimm cite un livre populaire autrichien : « Jean long d'un pouce à la barbe longue d'une aune (Linz, 1815), » qui est d'ailleurs d'après lui tout à fait moderne et de pure invention, mais qui contient cependant un trait qui doit se rapporter au nôtre : le héros de cette histoire gagne de l'argent en faisant passer un cheval pour un cheval parlant ; le moyen qu'il emploie c'est de se cacher dans l'oreille de la bête et de parler quand on l'interroge. — Je n'ai pu voir le conte danois cité par Grimm : le héros, Svend Tommeling, n'est pas plus long qu'un pouce ; il est venu au monde le chapeau sur la tête et l'épée au côté : entre autres exploits qu'il accomplit, Grimm dit simplement qu'*il conduit la charrue*, ce qu'évidemment il fait comme ses frères de Lithuanie, de Grèce, de Roumanie, d'Esclavonie et d'Allemagne.—Le Poucet norvégien (*Tommeliden*) a perdu presque toute son histoire : comme son voisin le danois, il est long comme le pouce et veut épouser une très-grande princesse ; la seule trace du récit primitif qui se trouve dans ses aventures assez insignifiantes, c'est que dans le voyage qu'il fait avec sa mère pour aller voir sa belle, il se cache successivement dans la crinière, *dans l'oreille* et dans les naseaux du cheval qui les porte.

Ce trait essentiel de la légende de Poucet me paraît indissolublement lié aux deux ou trois autres qu'on rencontre également dans plusieurs versions différentes de son histoire ; ainsi s'il est avalé par un bœuf (grec) ou une

vache (allemand), il y a là un rapport évident
avec les bœufs du premier récit : le grec dit
même que c'est aux champs, en donnant du
fourrage aux bœufs par ordre de son père,
que ce malheur lui arriva ; — s'il est acheté
par des gens riches (lithuanien, esclavon, roumain, allemand) ou emporté par des voleurs
(lithuanien, albanais, allemand), c'est parce
que les premiers ont admiré la façon dont il
conduisait son attelage, et que les autres ont
emmené les bœufs et lui avec ; — si enfin il
se fait voleur lui-même (lithuanien, albanais,
allemand), le lithuanien et l'albanais savent
encore très-bien que ce sont des bœufs qu'il
vole, et le lithuanien dit positivement qu'il se
place pour cela dans l'oreille d'un bœuf. Ainsi
sont expliquées par une forme primitive idéale
toutes les variantes des aventures de Poucet.

Il en reste cependant une série qui ne se rattache à celles-ci que par un point : je veux
parler de ses habitations successives dans le
ventre d'animaux divers. Elle s'y rattache,
dis-je, par un point, et ce point je l'ai déjà
indiqué, c'est que le premier animal qui l'avale
est une vache ou plutôt un bœuf, c'est-à-dire
un des bœufs qu'il conduisait ; c'est ici, on le voit,
le revers de la médaille et le côté comique de
sa petite taille. Ce récit est ancien, car il se

trouve chez des peuples fort éloignés l'un de l'autre. Des contes que nous avons regardés jusqu'ici, trois seuls nous l'offrent. le conte grec, le conte esclavon et le conte allemand. Dans le grec, Moitié de pois est avalé par un des bœufs de son père; on tue le bœuf, on en jette les boyaux; le renard passe et avale les boyaux avec Moitié de pois; mais celui-ci lui rend la vie dure. Dès que le renard s'approche d'une maison, l'hôte qu'il porte dans son ventre crie à tue-tête : « Gare à vous les gens, le renard veut manger vos poules. » Le renard, qui meurt de faim, prend conseil du loup pour faire taire cette voix importune. Le loup, qui par extraordinaire dupe cette fois son compère, lui conseille de se jeter par terre du haut d'un arbre; le renard suit le conseil et se tue raide. Maître loup dévore son ami et avale en même temps Moitié de pois; dès lors, pour lui non plus, plus de repas possibles; dès qu'il approche d'un troupeau, il entend crier dans son ventre : « Holà bergers! sur pied, le loup va manger un mouton. » Le chagrin qu'il en ressent le pousse au suicide, il se précipite du haut d'un rocher, meurt, et Moitié de pois sort de sa retraite et retrouve ses parents. — Le conte allemand, plus comique, et finement rendu dans les détails par

les habiles collecteurs, est cependant plus
éloigné de la forme ancienne et plus moder-
nisé; Poucet est avalé par la vache; on l'abat
parce qu'on s'épouvante de l'entendre parler;
on jette l'estomac sur le fumier, où un loup
affamé l'avale avec Poucet. Le loup, guidé
par son habitant, va se repaître dans le
garde-manger des parents; mais les cris de
celui-ci trahissent le voleur; on tue le loup,
et Poucet sort triomphant. Dans une autre
version allemande, Poucet, après avoir été
avalé par la vache, est roulé dans la chair à
saucisse, empaqueté dans une saucisse, et
passe l'hiver dans la cheminée. Il s'échappe
quand on mange sa prison, mais c'est pour
être avalé par le renard; toutefois il se fait
lâcher en livrant comme rançon au renard les
poules de son père. « Mais, en revanche, je
t'apporte une jolie petite fortune, » dit Poucet à son père en lui tendant le *kreuzer* qu'il
avait gagné dans ses voyages [40]. — Dans le
conte esclavon, la première mésaventure a
disparu. Moineau s'endort un soir dans
l'oreille d'un bœuf mort dont la tête était
abandonnée dans un champ (on voit ici la
confusion de l'épisode du labourage et de
celui du premier séjour de notre héros dans
l'*estomac* d'une bête bovine) : avalé par le loup,

il le force, en le tourmentant sans relâche, à le mener jusque dans la maison de son père, qui, prévenu par les cris de Moineau, tue le loup et délivre son fils.

J'arrive maintenant à la version anglaise, qui demande une étude à part, à cause de la forme particulière dans laquelle elle nous est parvenue et de la célébrité qu'elle a. L'histoire de *Tom Thumb*, en stances de huit vers, a été sans doute imprimée dès le XVI° siècle[41], mais la plus ancienne édition qu'on en connaisse est celle de 1630. Le conte est d'ailleurs resté populaire en Angleterre; et ce qui le prouve, c'est que dans plusieurs provinces le héros est appelé non pas *Thumb*, mais *Thumbkin*, forme évidemment plus ancienne, les diminutifs en *kin* (*ken*) étant, comme on sait, improductifs en anglais, et ceux même qui remontent aux Saxons ayant disparu en majorité. Toutefois les diverses formes anglaises de *Tom Thumb* qui ont été publiées reposent toutes, non sur la tradition vivante, mais sur le poème, suivant l'usage assez ordinaire en Angleterre. Je vais donner une idée de ce poème, qui est curieux en ce qu'il nous montre des traits fort anciens à côté d'additions toutes modernes. Par exemple il débute

par nous présenter Poucet comme un chevalier qui vivait à la cour d'Arthur et brillait à
la Table-Ronde ; c'est précisément ainsi que
les *Grandes chroniques de Gargantua* commen-
cent par nous parler d'Artur et de Merlin,
qui joue aussi son rôle dans *Tom Thumb*. En
effet les parents de Tom Thumb n'ayant pas
d'enfants, supplient Merlin de leur en donner
un, quand même il ne serait pas plus gros
que le pouce ; le vœu est exaucé : l'enfant
naît au bout d'une demi-heure ; il grandit en
quatre minutes assez pour atteindre juste la
taille du pouce de son père. Le poète se laisse
ensuite aller à sa fantaisie en nous décrivant
ses habillements, ses jeux et ses mésaventures ;
ici le vieux récit s'efface, mais nous le retrouvons avec l'histoire de la vache qui avale
Tom Thumb dans une botte de foin ; seulement il est délivré sans autre incident. C'est
ici qu'une strophe assez obscure conserve
seule le souvenir du fait capital de l'ancien
conte : « Ensuite, au temps des semailles,
son père voulut l'avoir pour mener sa charrue ; il lui donna un fouet fait d'un brin de
paille pour conduire les bœufs ; mais dans un
sillon nouvellement ensemencé, le pauvre Tom
Thumb se perdit. » Ce qui lui arriva ensuite,
ses succès à la cour d'Arthur, sa maladie et

sa mort, tout cela est de la pure invention du poète [44]. A bien plus forte raison en est-il ainsi des deux suites très-faibles et très-peu intéressantes qui furent jointes plus tard à *Tom Thumb*. Mais le poème du XVIe siècle, bien qu'il soit une œuvre personnelle, reposait en somme, comme on voit, sur une forme du conte populaire qui avait assez fidèlement conservé les traits primitifs du récit.

Cet ancien conte populaire anglais, que le poème a fait oublier, a laissé d'ailleurs une autre trace dans un conte gaélique. Le nom de *Thomas*, donné à Poucet dans ce récit, montre bien sa provenance, et sert en même temps à prouver que l'auteur de *Tom Thumb* s'inspirait d'un conte où le héros portait déjà ce nom [45]. Voici ce récit curieux, que M. Campbell reproduit d'après la version fournie en 1809 par une jeune fille des West-Highlands [46]. On verra combien le conte anglais devait se rapprocher de ceux que nous avons étudiés jusqu'ici. « Il y avait autrefois un nommé Thomas du Pouce (*uc'h òrdaig*), et il n'était pas plus grand que le pouce d'un homme robuste. Thomas alla un jour se promener, et il tomba une forte grêle, et Thomas s'abrita sous une feuille de patience; et il arriva qu'un grand troupeau de bœufs passa,

et parmi eux il y avait un grand taureau moucheté, et il se mit à manger les feuilles, et il
mangea Thomas du Pouce. Son père et sa
mère s'aperçurent de son absence et ils par-
tirent pour le chercher. Ils passèrent près du
taureau moucheté, et Thomas dit :

> Voilà que vous me cherchez
> Haut et bas de tout côté,
> Et je suis ici tout seul
> Dans le taureau moucheté [45].

Ils tuèrent le taureau moucheté, et ils cher-
chèrent Thomas parmi les entrailles et les
estomacs de la bête ; mais ils jetèrent juste-
ment le gros boyau, dans lequel il était. Et
il passa par là une mendiante ; elle prit le boyau,
et en s'en allant, comme elle passait près
d'un marais, Thomas lui dit quelque chose,
et la vieille femme jeta de frayeur loin d'elle
ce qu'elle portait. Un renard passa par là, et
il prit le boyau, et Thomas cria *Bis tailcù !* [46]
au renard ! *Bis tailcù !* au renard ! Alors les
chiens coururent sus au renard ; ils l'attra-
pèrent et ils le mangèrent, et ils mangèrent
aussi le boyau, mais sans toucher à Thomas.
Thomas retourna à la maison, où étaient son
père et sa mère, et ce fut lui qui eut une
bonne histoire à leur raconter. » — On voit

que ce conte a perdu plusieurs des traits primitifs, entre autres le labourage de Poucet et son premier séjour dans la vache; mais d'après ce qu'il en a conservé et ce que le poème anglais a retenu de son côté, on peut affirmer que les Anglais ont possédé le conte de Thumbkin sous sa forme ancienne et complète.

Si, après avoir étudié ces différentes versions, on en revient au conte français qui porte le même nom que plusieurs d'entre elles, au *Petit Poucet* de Perrault, on ne trouve aucune ressemblance. C'est qu'en effet, sous le nom du petit Poucet, ce sont des aventures tout autres que les siennes qui nous sont ici racontées : ce sont celles qui font le sujet du conte allemand de *Jeannot et Margot* (Grimm, n° 15), et de tout un cycle que Wilhelm Grimm a réuni [47] : le plus jeune des sept frères, dont la présence d'esprit et la finesse sauvent toujours les autres, n'a aucun des traits merveilleux de Poucet. Perrault nous dit bien, pour expliquer son nom, qu'il était très-petit, et que « quand il était venu au monde, il n'était guère plus grand que le pouce, c'est pourquoi on l'appelait le Petit Poucet »; mais il est clair que c'est là une explication insuffisante de son nom. On peut croire que Perrault a recueilli le conte sans le nom et réciproquement et les a rattachés l'un à l'autre [48] ; mais comme d'autres récits, même hors de France, nous offrent la même confusion, il est possible qu'elle ait été déjà en quelques endroits opérée par la tradition [49]. Quoi qu'il en soit, ce conte et ceux qui lui ressemblent sortent du cadre de notre étude.

Le nom de Petit Poucet donné par Perrault à son héros a fait disparaître de notre épopée enfantine le véritable Poucet ; mais ce nom même suffit à prouver qu'il y existait auparavant. Ce n'en est pas d'ailleurs la seule trace, et il est encore vivant dans la mémoire du peuple, au moins dans nos provinces méridionales. L'auteur d'un bon *Dictionnaire du patois forézien* (Lyon, 1863), M. Gras, a donné à la suite quelques contes et chansons ; c'est un exemple qu'on ne saurait trop recommander à l'imitation des auteurs de travaux de ce genre. Le premier qu'il ait publié est le *Plen Pougnet,* dans le patois d'Usson. Le *Plen Pougnet* (plein le poing), est d'abord perdu dans la forêt avec ses frères et se retrouve comme le héros de Perrault ; je crois bien que ce n'est même là qu'une importation française, car l'histoire ainsi commencée n'a aucun rapport avec la suite, où reparaît notre vrai Poucet. « Plein-Poignet, en s'en venant, trouva un bœuf qu'on appelait le bœuf moreau. Il s'était assis derrière un mur, et le bœuf le prit pour un chardon et l'avala. Le lendemain, sa mère, qui le cherchait partout, passa devant le bœuf en criant : Plein-Poignet, où es-tu ? — Mère, cria-t-il, je suis dans le ventre du bœuf moreau [50]. La mère se désolait de savoir son petit dans le ventre du bœuf ; elle ne savait comment faire pour l'avoir, quand tout d'un coup le bœuf moreau fit un *bousat*, et dedans se trouva Plein-Poignet. » M. Gras ajoute : « Le Petit Poucet est populaire dans nos montagnes. Nous en avons entendu raconter la légende avec une foule de variantes. En voici quelques fragments empruntés au patois de Saint-Jean-Soleymieux. Le nom du héros est légèrement modifié, mais il a la même signification. « Le *Gros d'in pion* [54] paissait un bœuf ; il s'était mis derrière un chou. En mangeant le chou, le bœuf mangea le *Gros d'in pion*. Le maître tua le bœuf, et le chat qui passait mangea à son tour le *Gros d'in pion*. » Le chat, dit M. G., fut tué, et ce fut le chien qui mangea cette fois Gros d'un poing. Mais le loup dévora le chien ;

nouveau changement de domicile. « Il arriva que le loup en était bien ennuyé ; il ne pouvait plus manger de moutons comme les autres. Quand il allait vers les bergeries, le *Gros d'in pion*, qui était dans son ventre, gueulait : Gare, gare, le loup vient manger vos moutons. » Dans cette situation critique survint le compère Renard qui conseilla au loup de passer entre deux pieux très-rapprochés l'un de l'autre, afin que la pression pût le délivrer d'un hôte aussi, incommode ; ce qui fut fait. » M. Gras ne dit pas, ce qui doit être dans l'histoire, que le loup resta pris au corps par les pieux et mourut là misérablement : c'est, on le voit, le pendant exact et presque la traduction littérale du conte grec ; seulement ici, conformément à la tradition, le loup est bafoué par le renard. En considérant le début de ce second récit, où on voit que Poucet *paissait* le bœuf qui l'a avalé, on ne doutera guère que parmi les variantes que signale M. Gras il ne s'en trouve une qui ait conservé le récit primitif et nous montre Plein-Poignet ou Gros d'un poing conduisant les bœufs de son père en se plaçant dans l'oreille de l'un d'eux **.

Mais ce qui prouve encore mieux que ces fragments l'existence en français de l'histoire de Poucet dans sa forme la plus ancienne, c'est l'expression wallonne à laquelle je reviens et qui est le point de départ de ces recherches. Il est clair que la dénomination de *Chaûr-Pôcè* appliquée à la Grande-Ourse suppose la connaissance d'un conte de Poucet où il remplit l'office de conducteur de bœufs, perché sur la tête du bœuf du milieu. Il est donc certain que tous les peuples qui ont employé ce nom ou un nom semblable ont connu l'histoire de Poucet telle que je l'ai racontée : un être merveilleux, d'une extrême petitesse et d'une grande intelligence, est représenté comme conduisant un attelage de bœufs en se plaçant dans l'oreille de l'un d'eux. Ce tableau, que retrace sur la terre le conte de *Daümling*, il est visible au ciel dans la constellation de la Grande-Ourse.

III.

Je pourrais m'arrêter à ce résultat, et je m'y étais arrêté, quand un nouveau rapprochement, qu'il m'a paru impossible de repousser, mais qui m'avait échappé d'abord, m'a été suggéré par la lecture d'une note de M. Schenkl dans la *Germania* de Pfeiffer

(t. VIII, 1863; p. 384). « Le conte de Poucet, dit ce savant, est apparenté avec la légende d'Hermès, telle que l'a conservée l'hymne homérique. A peine né, le fils, encore tout petit, de Zeus, ne veut pas rester dans son berceau ; il montre immédiatement son art et son adresse, et joue aux dieux toute sorte de mauvais tours. Comme Poucet, il sait faire l'innocent quand on le prend sur le fait ; il se glisse dans son berceau et s'y couche ἠύτε τέκνον νήπιον.... Le comique grossier qu'on remarque dans notre conte (Grimm, I, 196) ne fait pas défaut non plus dans la légende grecque ; qu'on se rappelle la façon dont Hermès sait se défendre efficacement contre Apollon, quand celui-ci l'enlève dans ses bras (v. 294 ss.)..... Dans la bouche du peuple, la vieille légende de Poucet semble s'être conservée plus pure encore. Nous le concluons d'un vase peint, sur lequel nous voyons le petit Hermès, reconnaissable à son *petasos*, assis dans un berceau en forme de soulier (*Mus. Gregor.*, t. II, 81, 1 et 2). Panofka et Guhl-Koner ne veulent voir là qu'une forme particulière de berceau ; mais si on songe que nous ne trouvons d'ailleurs représenté sur les monuments qu'un berceau de forme plate (voy. Panofka, *Bilder antiken*

— 41 —

Lebens, I, 1 ; Gerhard, *Antike Bildwerke* CXI, 3, etc.), — et que dans notre conte le soulier du père de Poucet lui sert de berceau, — nous assignerons certainement au berceau en question une signification plus importante. »

Je laisse de côté cette dernière partie de la note de M. Schenkl pour m'attacher uniquement à la première. Son ingénieuse conjecture me paraît se fortifier considérablement si on compare aux aventures du petit Hermès, non-seulement celles que le récit allemand prête à Poucet, mais celles qui lui sont attribuées par les autres contes que j'ai cités plus haut. C'est ce qui ressortira de la comparaison rapide que je vais faire.

Le trait essentiel et fondamental de la fable d'Hermès, racontée dans l'hymne homérique, c'est le vol des bœufs d'Apollon. Comme détails caractéristiques, je remarquerai : 1° qu'Hermès commet ce vol le jour même de sa naissance, ayant grandi avec une rapidité merveilleuse, mais restant pourtant encore tout petit [53] ; 2° qu'Hermès, en emmenant les bœufs, les fait marcher à reculons pour cacher leurs traces [54] ; 3° qu'il rentre chez lui, après avoir caché son butin, par le trou de la serrure [55]. Or, ces trois traits concordent si singulièrement avec des traits analogues de la légende de Poucet qu'il est presque impossible de croire à une coïncidence fortuite.

Poucet est en effet un voleur, et un voleur merveilleux; il exerce ce talent avec infiniment de succès, grâce à sa petitesse, dans les deux contes allemands de Grimm, dans le conte souabe de Birlinger, dans le conte lithuanien et dans le conte albanais, dont le titre est même « le voleur Noisette » [80]. Il semble, d'après une indication obscure de Wilhelm Grimm, qu'il ait porté aussi en Allemagne le nom de *Diebsdaum*, « Poucet voleur, » ou voleur par excellence [87]. Il est vrai que les contes allemands lui font simplement voler de l'argent, mais les contes lithuanien et albanais racontent très-expressément que c'était un voleur de bœufs, βούκλεψ, comme Sophocle appelait Hermès [88]. Voici le passage du conte lithuanien : « La nuit vinrent trois voleurs pour voler les bœufs (du propriétaire qui avait acheté Poucet à son père); il leur dit, de l'oreille où il se tenait : Ce sont ici les meilleurs bœufs; je suis un voleur comme vous, soyons camarades. » Et plus tard il trompe ses compagnons et vole les bœufs en effet à son profit. — Le conte albanais est plus près sans doute de l'ancien récit : « Trois voleurs prirent Poucet et l'amenèrent avec eux pour voler les bœufs du prêtre ; » il les suit volontairement, dérobe les bœufs et reste voleur de profession.

Hermès emmène les bœufs à reculons et cache avec soin leurs traces. Ce trait semble absent de tous les récits sur le vol des bœufs de Poucet (qui d'ailleurs ne joue dans ce vol, pour les récits modernes, qu'un rôle secondaire), mais il se retrouve rattaché à la Grande-Ourse, au charretier éternel, et est facilement reconnaissable dans le surnom de *Zupdümeken* que j'ai expliqué plus haut.

Hermès entre dans la grotte de sa mère par le trou de la serrure ; Poucet, grâce à sa petitesse, prend le même chemin pour accomplir son vol : il passe *au travers des barreaux* du trésor royal (Grimm 37), *par une fente de la porte* (albanais, Grimm 45), ou par le trou même de la serrure (Birlinger).

Un autre rapprochement frappant a été déjà indiqué par M. Schenkl : Hermès, saisi par Apollon, recourt, pour se faire lâcher, à un moyen qui est cynique [60], mais efficace [61], et non-seulement le même trait se retrouve adouci dans la ruse qu'emploie le Poucet allemand pour échapper à ceux qui se sont emparés de lui [62], mais il reparaît, altéré d'une autre façon et ayant perdu sa première raison d'être, dans le récit que fait le conte roumain de l'évasion du « petit diable » en pareille occurrence [63]. — Le caractère d'espièglerie surnaturelle, pour ainsi dire, qui est frappant dans les contes de Poucet, n'éclate pas moins dans la légende de l'enfance d'Hermès : ce petit être malicieux fait rire Zeus luimême comme nous rions encore au récit des aventures et des ruses de Daumesdick :

Ζεύς δὲ μέγ' ἐξεγέλασσεν ἰδὼν κακομηδέα
῾ παῖδα (v. 389).

Si on se rappelle que les traditions reproduites plus ou moins fidèlement par l'hymne homérique sont essentiellement des contes populaires arcadiens [64], si l'on fait attention au caractère tout pastoral et bucolique de cette partie de la mythologie d'Hermès [65], et si on songe d'autre part que notre *Diebsdaum* est primitivement un dieu, on aura peine à se refuser à admettre le rapprochement proposé par M. Schenkl. Il y a d'ailleurs encore un indice qui semble favoriser cette hypothèse et qui nous ramènerait à cet aspect de Poucet qui fait le sujet particulier de notre étude, à Poucet conducteur du char céleste, au *Chaur-*

Pôcè des Wallons, c'est le nom de *Wuotans wagen*, que les peuples germaniques ont donné à la Grande-Ourse. Il est vrai, comme l'a remarqué Jacob Grimm, qu'on ne rencontre nulle part *Mercurii plaustrum* [66], mais il est certain que Mercure a toujours pour équivalent Wuotan, et tout le monde sait que le *Wednesday* des Anglais répond à notre *mercredi*. Cette coïncidence ne paraît pas indifférente.

IV.

Pour remettre dans leur ordre chronologique probable les résultats plus ou moins assurés des recherches précédentes, voici à peu près comment on peut se représenter la suite des idées exprimées par les différents mythes qui viennent d'être passés en revue :

La plus ancienne manière d'envisager la Grande-Ourse a été chez les peuples indo-européens celle qui considère les sept étoiles comme sept bœufs, et qui interprète leur déplacement dans le ciel comme une marche à reculons ou comme le mouvement des bœufs occupés dans l'aire. — Cette conception nous a été conservée dans les termes latins de *boves* et de *septem triones* pour désigner la constellation ; — l'idée de la marche à reculons se trouve dans le mythe d'Hermès et dans celui du charretier éternel ; — l'explication donnée par Preller de *triones*, si elle est juste, montrerait, dans les idées romaines, les sept bœufs faisant le tour de l'aire céleste.

On n'a pas la preuve que déjà dans cette première conception figurât, comme conducteur des bœufs, la petite étoile *g*, qu'on se serait représentée comme perchée sur un des trois bœufs de devant ; toutefois l'analogie de l'histoire où Hermès vole des bœufs avec celle où Poucet joue le même rôle, et la concordance des mythes qui représentent Poucet comme occupant la position que je viens de décrire, rendent cette hypothèse très-vraisemblable. L'idée elle-même de ce vol est étroitement liée à l'opinion d'après laquelle les bœufs marchent à reculons ; on a pensé que leur conducteur les menait ainsi pour dissimuler leurs traces, et que par conséquent il les avait dérobés [67].

La conception des sept bœufs célestes a été de bonne heure remplacée par celle d'un char, qui s'est elle-même dédoublée en deux représentations. Dans l'une, qui est indiquée par le nom latin *temo*, par l'explication d'ἅμαξα dans les auteurs grecs, par les dénominations anglo-saxonnes et tchèques, le char est formé par les quatre étoiles disposées en carré, et les trois de devant en sont le timon. Dans l'autre, les quatre étoiles gardant leur rôle (ou étant plus précisément désignées comme roues), les trois étoiles de devant sont les trois bœufs (ou plus tard chevaux) qui les traînent.

Le conducteur du char céleste, placé par les Grecs à côté du char [68], a été envisagé par les nations germaniques et slaves comme la petite étoile *g*, et on se l'est figuré, vu sa taille microscopique eu égard à celle de l'attelage, comme placé dans l'oreille du bœuf du milieu. Dans cette conception, les légendes du charretier éternel, du *Zupdūmeken*, du *Char Voinguet*, ont conservé la notion d'un mouvement rétrograde du char.

En devenant ainsi charretier ou postillon (*reiterlein, cavalier*) au lieu de bouvier, le conducteur a cessé d'être voleur ; on a expliqué la marche rétrograde du char soit par une route qui lui serait inflexiblement prescrite, soit, en le transformant en charrue, par le mouvement propre au labourage. — Cependant, dans plusieurs légendes, à côté de cette explication nouvelle, l'ancienne s'est

maintenue, et Poucet, tout en conduisant
artistement l'immense véhicule, est resté
voleur de bœufs comme Hermès.

En ce qui concerne particulièrement les
deux héros des mythes qui se rattachent à
ce cycle, Hermès et Poucet, les noms qu'ils
portent sont dans un rapport très-différent
avec l'histoire qu'on leur attribue. J'ai la
conviction que les légendes arcadiennes con-
servées dans l'hymne homérique et dans
d'autres récits sont primitivement tout-à-fait
étrangères à Hermès [69]. Rattachées à son
nom par la littérature théologique, elles sont
péu à peu entrées dans sa mythologie où
elles sont assez isolées, et ont fourni à la
conception finale du dieu deux de ses attri-
buts essentiels, celui de dieu berger et surtout
bouvier, et celui de dieu voleur. Elles nous
sont parvenues dans un très-grand état d'altération, et n'ont passé dans la poésie qu'a-
près avoir perdu plusieurs de leurs caractères
les plus importants, notamment leur rapport
avec la Grande-Ourse [70]. Il en est autrement
de Poucet ou de ses synonymes. Son nom
lui vient précisément de sa fonction, et tandis
que les mythes sur le petit voleur des bœufs
célestes sont venus se perdre dans la tradition
d'Hermès, ils ont donné naissance, sous le

nom de Poucet, à tout le cycle des contes où il figure. En regardant au ciel les sept bœufs éclatants qui s'y promenaient en ordre, nos pères ont remarqué la petite étoilette placée au-dessus de celui du milieu, et ils en ont fait le conducteur. Mais le bœuf est si grand et si splendide, le bouvier si petit, à peine visible : c'est que c'est un nain; il dirige les énormes bêtes en leur disant à l'oreille les mots qu'elles comprennent, car il est doué d'une sagesse merveilleuse. Elles lui obéissent, et il parcourt ainsi toutes les nuits son champ immense, faisant marcher ses bœufs à reculons, ou plus tard, quand il est devenu char-retier ou laboureur, retournant, au milieu du parcours, son char ou sa charrue. Trans-porté sur la terre comme tous les person-nages dont l'imagination primitive avait placé l'activité au ciel [14], le petit bouvier a gardé sa stature mignonne : il n'est pas plus grand que le pouce [15], — il tient juste dans le poing, — il est gros comme une souris, — comme un moineau, — comme une noisette, — comme une moitié de pois, — comme un grain de poivre. Son caractère divin se révèle encore dans les récits de sa miraculeuse nais-sance et dans sa ruse surhumaine; mais bientôt on perd de vue ce caractère; on ne

songe plus qu’à sa petitesse, et on se figure
les conséquences qu’elle pourrait avoir pour
lui. Si un de ses bœufs ouvrait la bouche, il
l’avalerait, — et on raconte comment il fut
avalé par un bœuf; puis à ce premier épisode
comique se rattachent, comme nous l’avons
vu, les suites diverses, produits de la naïve
gaîté et de l’imagination éveillée des peuples
enfants. On perd enfin tout-à-fait le souvenir
de son origine primitive, et on le place dans
les conditions de la vie ordinaire, en racon-
tant les aventures qu’a dû lui valoir sa petite
taille. Ces transformations, où un seul trait
antique s’est conservé, — la supériorité intel-
lectuelle et le caractère malicieux de Poucet,
et par suite, l’heureuse issue des épreuves
qu’il traverse, — aboutissent à des récits
comme certains épisodes des contes allemands, et surtout comme la plus grande
partie de *Tom Thumb*, où la pure fantaisie
se joue sur une donnée traditionnelle.

Une autre série d’aventures, conservée dans
des contes tout modernes, se rattache, par
delà la conception du char céleste, à Poucet
voleur de bœufs, et était développée déjà
dans les mythes grecs dont on a mis une
partie sous le nom d’Hermès. En effet, le
petit βοόκλεψ s’exposait à être découvert, et

on racontait comment, saisi par un être infiniment plus grand et plus fort que lui, il s'était fait lâcher par une insolente espièglerie et avait réussi à échappe. au danger. Déjà altéré dans l'hymne homérique, ce trait, dans les contes modernes, n'est plus rattaché au vol des bœufs, et on a été obligé, pour l'amener, d'inventer d'autres circonstances par lesquelles Poucet tombe entre les mains de personnages bien plus grands que lui, auxquels il réussit à échapper.

Le type du *conte* du Petit-Poucet, né ainsi des anciennes traditions relatives à la Grande-Ourse, comprenait donc : 1° la naissance miraculeuse du héros; 2° Poucet laboureur; 3° Poucet voleur de bœufs; 4° Poucet emporté par quelqu'un et réussissant à s'enfuir; 5° Poucet avalé par un de ses bœufs (et ensuite par d'autres animaux). On peut affirmer que tous les peuples chez lesquels le conte a conservé un de ces épisodes les ont anciennement connus tous les cinq, car ils sont indissolublement liés, soit par l'enchaînement logique, soit par leur relation avec la tradition primitive. Il est également certain que partout où la Grande-Ourse porte une dénomination qui la rattache à Poucet, le conte qui a pour

héros le petit bouvier céleste existe ou a
existé.

Si nous cherchons enfin quels sont les
peuples qui nous offrent soit ce conte, soit
cette dénomination, nous voyons qu'ils comprennent essentiellement les peuples slaves
(lithuanien, esclavon) et germaniques (allemand, danois, suédois, anglais). Les contes des
Albanais, des Roumains et des Grecs modernes
sont sans doute empruntés aux Slaves, comme
une très-grande partie de la mythologie populaire de ces nations. Le nom wallon et le
conte forézien nous montrent en France (ainsi
que le *titre* du conte de Perrault) la légende
de Poucet ; mais elle a pu fort bien, comme
tant d'autres récits semblables, y être apportée
par les Germains. Ni en Italie, ni en Espagne,
ni dans les pays celtiques [73] je n'ai trouvé
trace du conte ou du nom. — Il est donc
permis de croire que le conte du Petit Poucet,
dans les traits essentiels que j'ai indiqués,
appartient en propre aux Slaves et aux Allemands ; et si l'on considère les nombreux
rapports qui existent entre la mythologie de
ces deux grands peuples comme entre leur langue, on est porté à supposer que notre conte a
reçu sa forme définitive, dont en somme il

s'est peu éloigné, à l'époque où ils vivaient ensemble et formaient un groupe séparé dans la famille indo-européenne. Mais d'autre part la coïncidence, qui ne peut guère être fortuite, du conte de Poucet avec le mythe d'Hermès enfant permet de rattacher originairement ce dernier à la Grande-Ourse et de faire remonter les plus anciens traits de la légende du petit bouvier céleste à l'époque où on ne se représentait encore les sept étoiles du Nord que comme sept grands bœufs errant dans le champ du ciel.

NOTES.

NOTES.

1. *Dictionnaire étymologique de la langue wallonne,* par Ch. Grandgagnage. 1ᵉ partie (Liége, 1847), p. 153. — Tous les philologues regrettent vivement que ce beau travail n'ait pas été terminé par l'auteur; la seconde partie, parue en 1850, ne va pas jusqu'à la fin de la lettre *o;* la suite n'a pas été publiée.

2. Voy. Schwarz, *Sonne, Mond und Sterne* (Berlin, 1864), p. 275 ss. — Ἕσπερος, ὅς κάλλιστος ἐν οὐρανῷ ἵσταται ἀστήρ (Hom. *Il.* XXII, 318).

3. Max Müller, *Lectures on the Science of Language, second series* (London, 1864), p. 359. — Traduction française (Paris, 1867), *Nouvelles Leçons,* t. II, p. 83.

4. Gr. ἅμαξα, lat. *plaustrum,* lang. rom. *carrum,* lang. slav. *wos,* all. *wagen.* D'après Dupuis, *Origine de tous les cultes* (éd. de 1822), t. VI, p. 189, les Égyptiens appelaient le chariot *vehiculum Osiridis.* — Le plus ancien exemple français

est ce vers de Wace : *Tot dreit devers Setentrion
Que nos char el ciel apelon (Rou, v. 98).*

5. Les peuples slaves accentuent même ce trait,
car plusieurs d'entre eux appellent la constellation
« roues » au lieu de « char ».

6. Voy. Preller, *Rœmische Mythologie*, 2ᵉ éd.
(Berlin, 1865), p. 291. — On explique généralement ce nom de *temo* par « char », c'est-à-dire
que la partie serait prise pour le tout ; il est clair
en tout cas que cette partie ne saurait faire défaut, et
que si on appelait un char *temo*, c'était un char qui
avait un timon. M. Max Müller doute que jamais le
nom de *temo* ait réellement désigné la constellation tout entière. « Varron, dit-il (*l. l.* p. 365 ;
trad. fr. p. 88), dit qu'on l'appelait *boves et temo*,
« bœufs et timon », mais non pas qu'on la nom-
mait soit « bœufs » soit « timon » ; nous pouvons
bien nous représenter les quatre étoiles comme des
bœufs, et les trois de devant comme le timon ; ou
encore les quatre étoiles comme le char, une
comme le timon, et deux comme les bœufs ; mais
personne, je pense, n'a pu appeler les sept ensemble
« le timon ». On objectera que *temo*, en latin,
signifie non-seulement « timon » mais « char »,
et doit être pris pour l'équivalent de ἅμαξα. Cela
pourrait être ; seulement on n'a jamais démontré
que *temo* signifiât « char » en latin ; Varron
l'affirme sans doute, mais nous n'en avons pas
d'autre preuve. » L'auteur montre en effet que,
dans les passages où on a l'habitude d'interpréter
temo par « char », il signifie simplement « timon ». — Mais le passage de Varron est

d'autant plus probant qu'il ne semble pas à cet endroit l'appliquer à la constellation : « Temo... et plaustrum appellatum, a parte totum, ut multa (*De ling. lat.* VII, 75). » D'ailleurs l'analogie de l'anglo-saxon, que M. Müller cite lui-même, paraît décisive. — En outre il m'est impossible d'admettre que *boves et temo* doive être regardé comme une seule expression ; je ne me figure ni l'une ni l'autre des représentations admises par M. Müller ; je comprends qu'on voie dans la Grande-Ourse un char à timon, ou, sans s'occuper du timon, un char traîné par trois bœufs (*boves et plaustra* dans Properce, III, 5, 35); je conçois aussi qu'on ait pris les sept étoiles pour sept bœufs (voy. ci-dessous à propos de *septemtriones*), mais je ne pourrais comprendre qu'on eût appelé la constellation « les bœufs et le timon »; et en fait on ne trouve jamais cette expression, seule admissible d'après M. Müller, de *boves et temo*. On trouve *temo* seul, et, soit qu'il signifie « le char », soit qu'il veuille dire simplement « le timon », ce nom implique toujours la conception des quatre étoiles comme formant un char. Que signifierait un timon tout seul placé devant quatre bœufs ? — Le passage de Varron est fort peu clair; on y lit (éd. O. Müller) : « Has septem stellas Graeci vocant ἅμαξαν, nostri eas septem stellas boves et temonem et prope eas axem ». Par *axis*, il faut entendre, je crois, bien que ce mot ait signifié « char », le pôle arctique, qu'on trouve souvent ainsi désigné.

7. Voy. Grimm, *Deutsche Mythologie*, 3ᵉ éd.

(Gottingen, 1854), page 687 ; cf. ibid. page 118.

8. Grimm dit (*D. M.*, p. 688) que ce mot désigne en tchèque Bootes ; mais je pense qu'il y a là une erreur, à moins que *ogka*, diminutif de *oge*, « timon, » n'ait été appliqué à Bootès comme au voisin du véritable *timon*.

9. On sait qu'anciennement pour battre le blé on faisait passer dessus des bœufs dont les pas pesants remplaçaient nos fléaux actuels ; on emploie encore en Orient, en Espagne, un procédé très-analogue. — On se rappelle le touchant précepte de la loi juive (*Deuter.* XXIV, 4) : « Tu ne lieras pas la bouche à ton bœuf quand il bat le blé dans l'aire ».

10. C'est ce qui avait fait donner à la constellation, en grec, le nom de ἑλίκη ; on peut voir dans le *Thesaurus*, aux mots ἑλίκη et στρόφας, de nombreux passages qui prouvent que les Grecs avaient fait attention à ce phénomène. — Dupuis, *Origine de tous les cultes*, t. I, p. 194, dit que les courses de char figuraient, par leur retour sur elles-mêmes, le mouvement de ces sept étoiles. — Je reparlerai plus loin de cette particularité.

11. Grimm, *D. M.*, p. 687. — Un mot du langage neuchatelois se rapporte probablement à cette croyance : « *Char voinguet*. Se dit du mouvement de va-et-vient d'un objet quelconque. Appliqué aux personnes, ce terme signifie : aller et venir (Bonhote, *Glossaire neuchatelois*, Neuchatel, 1867, p. 290). » C'est une allusion au va-et-vient perpétuel de la Grande-Ourse, qui doit s'appeler ou s'être appelée *char voinguet* en neuchatelois. La

seconde partie du mot est une altération du *wagen* allemand, ou peut-être de *Woonswaghen, Woenswaghen,* char de Wuotan (cf. Grimm, *D. M* , p. 138). — Cf. aussi Kuhn, *Sagen, Gebraüche und Mærchen aus Westfalen* (Leipzig, 1859), t. II, p. 87.

12. On trouve aussi en allemand *Siebenstern* ou *Siebengestirn* pour la Grande-Ourse ; voy. Schambach et Müller, *Niedersæchsische Sagen* (Gœttingen, 1855, p. 68). Elle a été appelée en grec ἕπταστρον.

13. Voici le passage obscur et altéré de Varron (notez qu'il suit immédiatement celui que j'ai cité plus haut, et qu'il semble confirmer par conséquent (*enim*) l'interprétation de *boves* comme appellation indépendante) : « Triones enim boves appellantur a bubulcis etiam nunc maxime quom arant terram ; e quis ut dicti valentes glebarii qui facile proscindunt glebas, sic omnis qui terram arabant a terra terriones unde triones ut dicerentur e detrito. »

14. Les passages de Servius où l'explication de Varron se trouve reproduite n'ont sans doute pas d'autre base que cette explication même, comme le montrent ces mots : « Varro ait boves triones dici (*Ad Aen.* III, 516, éd. Lion). » Mais il est possible qu'il ait eu sous les yeux un texte de Varron meilleur que le nôtre, où se serait trouvée l'étymologie de *terere* pour **teriones triones* (cf. O. Müller sur Varron), d'après cet autre endroit : « Proprie triones sunt boves aratorii qui terram terunt (I, 743) » ; il est vrai que les trois derniers mots manquent dans beaucoup de manuscrits. —

On trouve également dans Festus (éd. Egger, p. 225) : « Septentriones septem stellae appellantur a septem bobus junctis, quos triones a terra rustici appellant, » et il est possible-que l'auteur, qui substitue *rustici* aux *bubulci* de Varron, ait connu par lui-même cet usage populaire du mot. Cependant il est plus probable que Verrius Flaccus (dont Festus n'est, comme on sait, que l'abréviateur) avait puisé ce mot à la même source que Varron ; voyez la note suivante.

15. « Quare quod ἅμαξαν Græci vocant, nos *septentriones* vocamus?... Vulgus grammaticorum *septentriones* a solo numero stellarum dictum putat, *triones* enim per sese nihil significare aiunt... Sed ego quidem cum L. Aelio et M. Varrone sentio, qui *triones* rustico certo vocabulo boves appellatos scribunt, quasi quosdam *terriones*, hoc est arandae colendaeque terrae idoneos. Itaque hoc sidus... nostri veteres a bubus junctis *septentriones* appellarunt, id est a septem stellis, ex quibus quasi juncti *triones* figurantur (A. Gell., II, 21). »

16. *Trio* se trouve bien expliqué par *bos* (*oss* en allemand) dans un glossaire du moyen-âge (voy. Diefenbach, *Glossarium latino-germanicum*), mais le mot provient sûrement de Varron.

17. Tacite mentionne un Fulcinius Trio, et on a plusieurs médailles d'une famille Lucretius Trio. Une de ces médailles porte, en allusion au nom de la famille, la lune et les sept etoiles (voy. Eckel, *Doctrina numorum veterum*, t. V, p. 259).

18. On sait combien les noms d'animaux sont fréquents comme surnoms romains ; je citerai *Anser*

Aquila Asellus Asina Barrus Bestia Burdo Buteo Caper Capella Corvus Lupus Merula Murena Mus Musca Mustela Noctua Ovicula Pulex Pullus Scrofa Stellio Taurus Turdus Ursus Vacca Vaccula Verres Vitulus.

19. Hygin, *Poet. Astron.*, IV, *Artophylax*. Cette légende ne se retrouve pas complète ailleurs; la plupart des autres récits ne parlent pas du char et s'intéressent surtout à Erigone; voy. p. ex. Apollodore, *Bibl.* III, 14, 3 (éd. Heyne, p. 361); *Schol. Iliad.*, X, 29 (éd. Bekker, 588 a), etc. Icarios (appelé aussi en latin Icarus, p. ex. par Tibulle, IV, I, 10) est pourtant souvent mentionné comme menant au ciel un char ou des bœufs : *Flectant Icarii sidera tarda boves* (Properce, cf. Max Müller, l. l.); plus souvent on parle du chien d'Icarios, qui est la Canicule.

20. Remarquez ici la plus ancienne histoire, sans doute, qui se rapporte à ce qu'on peut appeler le cycle du chien de Montargis. M. Guessard ne l'a pas citée dans l'érudite et piquante *Préface* de son *Macaire*.

21. Hygin, *ibid.*, s'appuyant sur Petellides de Gnose; je n'ai pas rencontré ce récit ailleurs.

22. Grimm parle également du hongrois Gontzol, qui aurait inventé le premier char; la Grande-Ourse s'appelle en magyare *Gontzol szekere*, « le char de Gontzol. »

23. Voici quelques variantes de cette histoire. « Les habitants de Horn voulaient à toute force manger du saumon; un jour, croyant qu'un charretier qui passait par chez eux en conduisait, ils

l'épièrent et le tuèrent. Le meurtrier est condamné à mener éternellement un char (Kuhn, *Westfælische Sagen*, Leipzig, 1859, t. I, p. 222). » On voit qu'ici on a oublié que le char et le charretier sont au ciel. — A Brême on raconte qu'un charretier, malgré des présages significatifs, attela le vendredi saint ses trois chevaux à son char et les excita; comme ils ne voulaient pas marcher, il leur cria : En avant, au nom de Satan! sur quoi il disparut, et depuis lors il est obligé tous les soirs de conduire, *au ciel*, un char *à reculons* (Ib. p. 223).— Un paysan voulait, le vendredi saint, aller chercher du bois dans la forêt, comptant que le garde n'y serait pas ce jour-là, etc. Le paysan a été transporté dans le ciel et il y conduit éternellement le Chariot (Schambach et Müller, n° 95, 1).—Un charretier dit qu'il donnerait sa part de paradis pour mener toujours sa voiture. Aussi a-t-il été transporté dans le ciel avec son char pour le conduire éternellement. Jusqu'à minuit il monte, depuis minuit il redescend (Ib., n° 95, 2). Ce dernier trait se retrouve dans Kuhn et Schwartz, *Norddeutsche Sagen*, Leipzig, 1848, n° 424. Il se rapporte à ce qui a été dit plus haut (p. 10 et note 11). — Un charretier marchait le jour de Pâques; sa voiture s'arrêta subitement ; *il attacha alors ses trois chevaux à la file du côté gauche.* Il est condamné à conduire éternellement *au ciel* (Ib. p. 345). Ce trait est fort ancien ; il cherche à expliquer la disposition particulière des trois étoiles de devant de la Grande-Ourse. — Le bon Dieu avait un charretier qui le servait très-mal, et qu'il punit en le

condamnant à mener éternellement le char céleste
(Müllenhoff, *Schleswig-Holsteinsche Sagen,* Kiel,
1845, p. 360). — On voit que le *charretier éternel*
est tantôt puni, tantôt récompensé; l'un et l'autre
motif est moderne, comme tous ceux du même
genre: l'ancienne tradition se bornait au récit d'un
fait: le sentiment a voulu ensuite donner à ce
fait une signification morale ou religieuse. C'est
là un trait presque universel dans l'histoire des
légendes.

24. « Son chariot (au charretier éternel) est la
Grande-Ourse; quatre des étoiles représentent les
roues, les trois autres sont les trois chevaux attelés (Schambach et Müller, *l. l.,* n° 95, 1). —
« Hackelberg (voy. ci-dessous, note 25) est dans
le char céleste; son valet est *sur l'un des chevaux
(Ib.* p. 345). » — « Le charretier *est la petite
étoile au-dessus du timon* (Kuhn et Schwartz, *l. l.,*
n° 424). » — « Le charretier éternel est assis *au-
devant du char* (Kuhn, *Westfælische Sagen,* II,
n° 270). » — « Les quatre étoiles qui forment un
carré sont les roues du char; les trois étoiles de
devant sont les trois chevaux; *sur le cheval du
milieu* est le charretier (*Ib.* n° 271). » — « *La petite
étoile au-dessus du timon* est le charretier (*Ib.*
n° 272). » — « L'ancien valet du bon Dieu a son
siége *sur le timon* du chariot celeste (Müllenhoff,
l. l.). »

25. Il ne faut pas confondre avec les croyances
relatives à un conducteur réel du char celles qui
attribuent le char à un personnage mythique dont
il porte le nom. Celles-là sont vraisemblablement

postérieures ; elles sont nées, comme un très-grand nombre de légendes analogues, du désir de rapporter une tradition très-populaire à un nom également illustre (cf. p. ex. *Revue critique*, 1870, t. I, art. 31). C'est ainsi que le chariot s'appelait *char d'Osiris* chez les Égyptiens (ci-dessus, n. 4), qu'il s'est appelé en France *chariot de David*, en Normandie *char saint Martin*, en Allemagne *char d'Elie* (Kuhn, *Westfælische Sagen*, n° 272), *de saint Pierre* (*ib.* n° 272). Je range dans la même catégorie la dénomination de *char de Thor* (Grimm, *D. M.*, p. 607; Mannhardt, *Germanische Mythen*, Berlin, 1858, p. 142, note 3) en Suède, celle de *char de Hackelberg* dans certaines parties de l'Allemagne, celle de *char de Charles* (c'est-à-dire sans doute *de Charlemagne*) en Scandinavie (*Karlvagn*) et en Angleterre (*Charleswain*), si toutefois ces derniers noms doivent être expliqués ainsi, et n'ont pas plutôt le sens général de l'expression suisse *herra-waga*, «char du seigneur» (Grimm, *D. M.*, p. 687). On remarquera que la plupart de ces personnages ont dans leur légende quelque rapport avec un char (pour Charlemagne voy. *Histoire poétique de Charlemagne*, p. 440), ce qui a déterminé le nom donné au char céleste. Il en est peut-être autrement pour le nom allemand de *char de Wuotan ;* j'en reparlerai plus tard.

26. P. 125.

27. D'après Bayer, les Arabes donneraient aussi à cette étoile le nom d'*alcor*, qui signifierait « cavalier ; » voyez son *Uranometria*, Ulm, 1697, p. 4 ; et Grimm, *D. M.*, p. 689, assure que les tradi-

tions orientales sont d'accord sur ce point. Toutefois M. Defrémery a bien voulu m'avertir que d'une part cette dénomination lui est inconnue et que d'autre part le mot *alcor,* qui a en arabe beaucoup de significations, n'a nullement celle de « cavalier ». Je ne saurais pas dire à quelles sources a puisé Bayer pour établir la nomenclature arabe des étoiles. — On trouve aussi en allemand *reiterlein, knechtfink* (Grimm, *ib.*).

28. Le valet chassé par le bon Dieu s'appelait *Hans Dümke* (Müllenhoff); le charretier s'appelle ailleurs *Dümeken* (Kuhn, n° 271) ; en Westphalie, il s'appelle aussi *zupdümken* (Kuhn, n° 270 ; altéré dans le n° 271 en *supdümeken* que personne ne comprend plus), parce que « jusqu'à minuit il monte, à minuit il retourne sa voiture, *zupt he torügge*»; cf. ci-dessus n. 10.

29. C'est, je pense, ainsi qu'il faut lire, et non pas « *dümeke, fuhrman,* » comme fait Grimm. Je n'ai pu malheureusement trouver le livre de Prætorius, *de suspecta poli declinatione* (Leipzig, 1675).

30. Le conte de Caroline Stahl (Wien, 1819) analysé par Grimm, *K. M.*, t. III, p. 332, ne semble pas populaire et n'a d'ailleurs aucun trait intéressant pour notre sujet.

31. Il s'agit ici de la province autrichienne d'Esclavonie, entre le Danube, la Save et la Drave. Ces contes ont été publiés en allemand, et l'éditeur, Vogl, paraît avoir beaucoup délayé les récits sur lesquels il se fondait. — Je dois une copie de ce conte extrêmement prolixe à l'obligeance de mon ami R. Kœhler, bibliothécaire de Weimar.

32. Analogue mais plus court dans Birlinger.

33. Il est probable que cette histoire ne se rapporte pas originairement à la naissance de Poucet, mais à celle d'un peuple de nains, comme les légendes du même genre qu'on retrouve en Inde et en Grèce.

34. Il n'est pas besoin de faire remarquer l'analogie de ce récit singulier avec l'histoire de la naissance d'Orion.

35. Je donne le conte roumain à part, parce qu'il se comporte d'une façon bizarre. Il a conservé le caractère merveilleux de la naissance du héros, mais ce qui était d'abord divin est devenu diabolique, au moins de nom, car le récit demeure aussi innocent que les autres. « Un homme et une femme qui étaient mariés n'avaient pas d'enfants et voulaient à toute force en avoir un. Ils se mirent en route pour se chercher un enfant ; l'homme allait d'un côté de la route, la femme de l'autre. L'homme alla, alla, et vit sur le chemin une souris. Il la prit, et bientôt rencontra sa femme. Il lui demanda : N'as-tu rien trouvé ? — Non, dit la femme ; et l'homme lui montra la souris et dit : Moi j'ai trouvé quelque chose. Là-dessus ils rentrèrent chez eux, et prirent plaisir à la souris comme à un bel enfant. » — Et plus tard : « Or la souris n'était autre que le diable lui-même, et il se changea tout à coup de souris en un garçon *gros comme le poing*. » Il est évident que le diable et la souris sont introduits là postérieurement, et que le conte n'est pas bien caractérisé par le titre que lui a donné M. Staufe : « Le petit diable. »

36. Haug, 200 *Hyperbeln auf Herrn Wahls un-geheure Nase* (Brunn, 1822).

37. *Anthologia latina*, éd. Riese (Leipzig, 1869), t. I, p. 151.

38. *Les Touches du Seigneur des Accords* (éd. de Rouen, 1648), p. 64 ss. Tabourot dit avec raison au lecteur (p. 13) en terminant son petit groupe d'hyperboles : « Regarde ce que j'ai dit, Et que les Grecs ont escrit ; Tu diras, comme je croy, Qu'ils sont plus menteurs que moy. »

39. « D'une feuille on fit son habit... Le chat l'a pris pour une souris... Dans ma paillasse il se perdit, etc. »

40. Le conte souabe sépare tout à fait l'absorption de Poucet par la vache de son labourage et transporte cet incident à un autre endroit. Il a gardé ce trait ancien, en commun avec l'albanais, que le loup (alb. renard), ayant avalé Poucet avec l'estomac de la vache, n'a plus de repos : « Il se mit à crier : Le loup arrive ! le loup arrive ! jusqu'à ce que le loup se sauvât. Mais les gens prenaient ce loup pour le diable et n'osaient pas l'attaquer. Enfin pourtant ils le tuèrent. » La manière dont le renard meurt dans l'albanais est ici attribuée (bien que défigurée) au chevreuil qui a avalé Poucet après le loup : « Il cria de toutes ses forces : Au chevreuil ! au chevreuil ! tant que le chevreuil prit peur et s'enfuit. Dans sa terreur, il sauta par-dessus un rocher et se tua. Mais Poucet y perdit aussi la vie, et ainsi le petit Poucet mourut pour avoir trop crié. » Ce dénouement ne se trouve dans aucun autre conte et est tout à fait moderne.

Le petit Poucet ne meurt pas: j'ai déjà dit plus haut que c'est un dieu.

41. Voyez l'introduction de M. Carew Hazlitt à son édition dans les *Remains of the early popular poetry of England* (London, 1864 ss.), t. II, p. 167 ss.

42. Je ne vois de populaire que les trois pence que Tom Thumb gagne à la cour, et qu'il rapporte à son père, courbé sous le faix et suant d'ahan, afin de l'enrichir pour toujours (cf. ci-dessus le *kreuzer* du conte allemand).

43. *Daum* (*Daümchen Daümling Daümenlang Daumesdick Dümke* etc, — *Tommeling Tommeliden — Thumb Thumbkin*) est le nom de notre héros dans toutes les langues germaniques. Il est clair que c'est à une époque relativement récente que ce nom a été augmenté d'un prénom. Il y en a deux, le prénom anglais *Thomas*, peut-être venu d'une vague assimilation à *Thumb*, — et le prénom allemand *Hans*, qui se retrouve dans plusieurs récits, surtout du sud de l'Allemagne. Ainsi Schmeller (*Baier. Wb.*, 2ᵉ éd. p. 508) cite « un vieux conte très-populaire » en Bavière qui débute ainsi : « Il y avait une fois un paysan, et il avait un fils, et il s'appelait Hans, et il n'était pas plus grand qu'un fort pouce. » — Schmid (*Schwæb. Wb.*, Stuttg. 1831), cité par Grimm dans le *Dictionnaire allemand* ou mot *Daümling*, nomme aussi *Hans Daümerling*. — Le chevalier de Lang, dans ses amusants *Mémoires*, parlant des contes que les paysans lui racontaient dans son enfance, cite celui de *Hans Daümerling* : « Son père, un jour qu'il

travaillait aux champs, le mit dans l'oreille de son cheval de labour » (t. I, p. 34). — Le héros d'un conte tyrolien cité par Grimm (*Wb., s. v.* daümling) s'appelle *der daumlange Hansel;* voy. aussi le titre du livre autrichien cité p. 26; et pour l'Allemagne du Nord, n. 28.

44. *Popular Tales of the West Highlands, orally collected, with a translation, by J. F. Campbell.* Vol. III (Edinburgh, 1862, p. 114–115).

45. « Ye are there a seeking me
Through smooth places and moss places;
And here am I a lonely one
Within the brindled bull. »

46. Ce cri, dont le sens précis n'est pas connu, est encore usité, dit M. Campbell, par les gardeurs de troupeaux dans les Highlands.

47. J'y joindrai un conte catalan, *El hijo menor,* dans Milá y Fontanals, *Observaciones sobre la poesia popular* (Barcelona, 1853), p. 182, et un conte indoustani récemment publié, la première partie de *Punchkin* dans *Old Deccan Days, or hindoo Fairy Legends by M. Frere* (London, 1868). Sur ce recueil, et specialement sur le conte dont il s'agit, voy. *Rev. crit.,* 1868, t. II, art. 130.

48. Ce ne serait pas le seul cas dans Perrault d'un désaccord entre le récit et le titre qu'il porte : le seul de ses contes qui n'ait presque rien de populaire et qui soit essentiellement de son invention, c'est *Riquet à la Houppe,* et ce nom, que rien ne justifie dans le récit, porte au contraire le cachet évident des dénominations populaires. Certains traits, et notamment la *houppe,* peuvent faire penser

à un personnage identique à Auberon; sur « la houppe d'Auberon, » cf. *Revue Germanique*, t. XVI (1861), p. 381.

49. Voy. Grimm, t. III, p. 26; Bechstein, *Mærchenbuch*, 24ᵉ édit. (Leipzig, 1868), p. 141, etc. Cependant plusieurs de ces contes, et notamment celui de Bechstein, n'ont certainement pas d'autre source que le conte de Perrault lui-même, dont le charmant livre a longtemps été le seul recueil de contes populaire dans toute l'Europe.

50. Remarquez la ressemblance frappante avec le conte gaëlique.

51. Ces noms de *Plein Poignet*, *Gros d'un poing*, qui se retrouvent en roumain (voyez ci-dessus, note 35), ont un rapport frappant avec le nom grec des Pygmées. Y aurait-il eu d'abord en Grèce un πυγμαῖος par excellence, dont le nom serait devenu celui d'un peuple, comme on dirait « les Poucets ? »

52. M. R. Kœhler a déjà signalé la ressemblance du conte forézien avec le récit grec (*Jahrbuch für romanische Literatur*, t. IX, 1868, p. 402).

53. Cf. *Tom Thumb*, v. 32 ss. :

« And in fowre minutes grew so fast,
That he became so tall
As was the plowmans thumbe in height. »

54. Πεντήκοντ' ἀγέλης ἀπετάμνετο βοῦς ἐριμύ-
κους,
Πλανοδίας δ'ἤλαυνε διὰ ψαμαθώδεα χῶρον,
Ἴχνη ἀποστρέψας· δολίης δ'οὐ λήθετο
τέχνης,
Ἀντία ποιήσας ὁπλάς, τὰς πρόσθεν ὄπισθεν,
Τὰς δ'ὄπιθεν πρόσθεν (v. 74 ss.).

55.   Διὸς δ'ἐριούνιος Ἑρμῆς
        Δοχμωθεὶς μεγάροιο διὰ κλήϊθρον ἔδυνεν.

56. Dans plusieurs de ces contes il a été emporté par des voleurs ou se trouve plus ou moins volontairement associé avec eux. — On le voit en relation avec des voleurs dans un conte forézien (Gras, p. 204), mais *Gros d'in pion* remplace ici un autre héros, à qui ce récit est attribué dans plusieurs contes.

57. En citant Prætorius (voy. ci-dessus, p. 17, et n. 29), Grimm emploie l'expression de *diebsdaum*, mais on ne voit pas clairement si elle est de lui ou de son auteur. Je n'ai pu m'en assurer.

58. Athénée, IX, 76 (éd. Schweighaüser, t. III, p. 515). De même dans l'hymne homérique il est appelé βοῶν ἐλατήρ (v. 14, 265), qui veut dire peut-être « voleur » plutôt que « conducteur » de bœufs. Cf. Ἑρμῆς βοηλάτης, « voleur de bœufs (en lat. *abigeus, abactor*) »; dans l'*Anthologie*, XI, 176.

59. Voy. ci-dessus, notes 10 et 18.

60.   Τότε δὴ κρατὺς Ἀργειφόντης
        Οἰωνὸν προέηκεν ἀειρόμενος μετὰ χερσίν,
        Τλήμονα γαστρὸς ἔριθον, ἀτάσθαλον ἀγγε-
            λιώτην (v. 294 ss.).

61. .... Ἐκ χειρῶν δὲ χαμαὶ βάλε κύδιμον
        Ἑρμῆν.

62. « So giengen sie bis es dæmmerig ward, da sprach der kleine : Hebt mich einmal herunter, es ist nœthig. — Bleib nur droben, sprach der Mann, auf dessen Kopf er sass, ich will mir nichts draus machen, die Vœgel lassen mir auch manchmal was drauf fallen.—Nein, sprach Daumesdick, ich weiss

auch, was sich schickt; hebt mich nur geschwind herab. » — L'homme ôte son chapeau, et dépose à terre Poucet, qui s'échappe ainsi.

63. Un riche *boyar* a acheté *le petit diable* à son père, et l'emporte dans sa poche : « Aber den Teufel kam in der Tasche die Noth an, und er liess Kü gelchen fallen; darauf schlüpfte er heimlich aus der Tasche, etc. » Il est clair que primitivement cette action de Poucet devait lui servir pour sa délivrance. — Ce trait a dû exister dans le conte esclavon, où Poucet, acheté de même, s'échappe de la boîte que son propriétaire porte dans sa poche; il aura été supprimé par l'éditeur, qui nous avertit qu'il ne s'est « permis d'autres changements que ceux qui lui paraissaient indispensables. »

64. Voy. Pauly, *Encyclopédie*, IV, p. 1846. — L'hymne homérique n'est pas la seule source où nous puissions puiser ce mythe; mais la plupart l'offrent moins pur, ou les circonstances qu'elles ajoutent au récit de l'hymne sont sans intérêt pour notre sujet. Ainsi Philostrate (*Imagg.*, I, 25, éd. Didot, p. 359) et Apoll dore (*Biblioth.*, III, 10, éd. Heyne, p. 310) n'apportent rien de nouveau, si ce n'est la preuve que la légende d'Hermès voleur était localisée en Arcadie. Le récit qui a le caractère le plus populaire est celui d'Antonius Liberalis (23, éd. Xylander, p. 151), appuyé sur diverses autorités plus anciennes et perdues pour nous. La manière dont Hermès efface les traces des pas des bœufs, en leur attachant des broussailles à la queue, paraît entre autres plus ancienne et plus claire que les vers 80 ss. de l'hymne.

65. Sur Hermès βουχόλος, νόμιος, cf. (outre l'article de Pauly) Guigniaut, *de Ἑρμοῦ seu Mercuri mythologia* (Paris, 1835), p. 11.

66. Est-ce par une attribution purement fortuite qu'Hermès, dans la fable 37 de Babrios, est représenté comme conduisant un *char* par le pays ?

67. Je n'ignore pas qu'on explique autrement le mythe du vol des bœufs, et qu'on reconnaît dans les larcins d'Hermès un trait distinctif de sa nature équivoque et crépusculaire. Il n'est pas impossible que cette interprétation soit vraie en partie et que le mythe du bouvier céleste n'ait cependant été rattaché à Hermès que beaucoup plus tard.

68. C'est-à-dire, en admettant que le mythe d'Hermès enfant se rapporte à cette étoile considérée comme conduisant les bœufs célestes, que les Grecs, quand ils eurent changé les sept bœufs en un char à timon, oublièrent le rôle de cette petite étoile, et imaginèrent un autre conducteur.

69. Ni Homère ni Hésiode ne mentionnent ce récit ; mais l'*Odyssée* (XIX, 395 ; XXIV, 24) et peut-être l'*Iliade* (V, 390) connaissent déjà Hermès comme un dieu voleur. Hésiode attribue aussi à Hermès la protection du bétail (*Theog.* 444). — L'attribution d'un récit à un nom auquel il ne se rattachait d'abord aucunement doit être considérée comme le fait le plus fréquent de la mythologie ; il faut le regarder comme toujours possible et ne jamais le perdre de vue. Au reste, l'hymne homérique a tous les caractères d'un récit altéré et à peine compris par le poëte, — tout populaire et charmant qu'en soit le ton. Je crois donc

que les récits sur le petit voleur de bœufs n'ont été mis sous le nom d'Hermès que quand sa mythologie était d'ailleurs déjà constituée. — Quant à l'invention de la lyre, rattachée dans l'hymne à la vie bucolique d'Hermès, je ne sais si elle était rapportée anciennement à ce. dieu : Homère ne semble pas le connaître comme musicien.

70. Il est possible toutefois que depuis la fusion du mythe du bouvier céleste avec celui d'Hermès, la Grande-Ourse se soit appelée Ἑρμοῦ ἅμαξα, *Mercurii plaustrum* (cf. ci-dess., p. 45, et n. 65); c'est ce qui expliquerait le nom de « char de Wuotan. »

71. On sait que c'est une loi mythologique que l'activité qu'on s'est d'abord représentée comme éternelle ou du moins se reproduisant périodiquement au ciel devient par la suite une action unique, qui est censée s'être passée une fois sur la terre. La même action s'est ainsi souvent *historicisée*, pour ainsi dire, de vingt, cent, mille manières différentes, et *localisée* dans autant d'endroits divers. — Dans cette transformation, le caractère des personnages et surtout les motifs de leurs actes changent parfois considérablement et se modifient sans cesse avec les temps et les lieux. Il en est de même de leur nom, comme je l'ai dit plus haut.

72. On voit que je n'attache pas au nom de Poucet (Daümling, Palec) en lui-même une importance particulière : c'est, comme les autres dénominations du petit dieu, une simple manière d'exprimer sa petitesse. Quelques explications de la légende de Poucet, qui sont basées sur son nom, me paraissent donc sans véritable raison d'être.

Voyez par exemple Grimm, *D. M.*, p. 420, et Liebrecht, *Otia Imperialia*, p. 156. — M. Simrock voit dans Poucet le représentant de Thor, parce que ce dieu passa une nuit, d'après un récit eddique, dans le *pouce* du gant du géant Skrymir; ce géant se retrouverait dans l'ogre du conte français et des récits pareils, et ainsi les contes si différents qui portent le nom de Poucet auraient leur unité primitive dans l'aventure de Thor (Simrock, *D. M.*, 3ᵉ éd., Bonn, 1869, p. 246, 259). On voit que cette explication, très-ingénieuse d'ailleurs, ne s'appuie que sur le nom du héros, et ce nom n'a pas à mes yeux la portée que lui attribue le savant auteur.

73. Le conte gaëlique vient de l'anglais. Je ne sais même si aucun idiome celtique désigne la Grande-Ourse comme un char. D'ailleurs l'idée du *char céleste*, à elle toute seule, ne suppose nécessairement ni un conducteur, ni le conte de Poucet.

APPENDICE.

Depuis l'impression de cette étude, j'ai relevé deux preuves nouvelles de l'existence de notre conte chez les peuples slaves. La première n'est guère qu'une allusion ; elle se trouve dans le précieux recueil de Haupt et Schmaler, *Volkslieder der Wenden in der Lausitz* (Grimma, 1843). Dans le chapitre intitulé *Restes de l'ancienne mythologie slave*, figure, parmi les êtres mythologiques, *Paltchik*, proprement *Poucet*. « C'est d'ordinaire un petit être mignon et gentil : si sa petitesse l'expose à beaucoup d'embarras et de dangers, elle l'aide aussi à s'en tirer, d'autant plus qu'elle est accompagnée de ruse et de dextérité (t. II, p. 260). » On voit que les Wendes connaissent le conte de Poucet sous une forme sans doute assez semblable à celle des récits examinés plus haut. On ne dit pas qu'ils possèdent, comme les Tchèques, la dénomination de *Poucet en char* pour la Grande Ourse ; d'après Haupt et Schmaler (II, 271), ils l'appellent *kosy*, c'est-à-dire « les roues. » Le nom de *Forman*, qu'ils lui donnent aussi, est évidemment emprunté au *Fuhrmann* (charretier) éternel des Allemands.

Le second conte en question est russe ; comme il présente plusieurs détails intéressants, je le traduis ici en entier. Je n'ai eu malheureusement sous les yeux que l'édition sans notes du recueil d'Afanasief (Moscou, 1870) ; je ne sais pas si, dans l'autre édition, le regrettable éditeur donne des variantes et des rapprochements. Le titre du conte, ainsi que le début, demande une explication. Notre héros s'appelle ici « *mal'tchik" s" Pal'tchik"*, c'est-à-dire proprement « petit comme le petit doigt. » *Pal'tchik"* est un diminutif de *palets"*, qui signifie non pas « pouce, » mais « doigt. » L'histoire de ce mot est assez embarrassante. Le sens de « doigt » n'est pas propre au russe : en tchèque aussi *palec* signifie proprement « doigt ; » il en est de même du polonais *palec* (ainsi le pouce se dit en polonais *wielki palec*, le petit doigt *maly palec*). Mais d'autre part, il paraît impossible de séparer *palets* du latin *pollex*, et le slave offre aussi pour ce mot le sens de « pouce » : c'est ce sens, par exemple, qu'a *pal'ts* en ancien bulgare, et (d'après Miklosich) *palets"* dans des dialectes russes ; le polonais *paluch*, « pouce, » a évidemment le même radical. Notre conte lui-même, en donnant au héros le nom de *Pal'tchik"*, le rapproche clairement de Poucet et de Daümling. Je suppose que le sens primitif du mot slave est celui de « pouce, » et qu'il aura pris ensuite le sens général de « doigt. » Le héros du conte s'appelait en slave comme en allemand *Poucet*, mais quand le mot *palets"* eut pris le sens de doigt, on altéra, au moins en Russie, l'histoire de sa naissance, et on supposa qu'il était né, non du pouce, mais du petit doigt de sa mère : cette altération était indiquée naturellement par le rapprochement des mots *mal'tchik"* et *pal'tchik"*, du moment que ce dernier avait reçu le sens de doigt, *mal'ii palets"* désignant le petit doigt aussi bien que *mizinn'ii palets"*, employé dans le texte du conte. — Si *palets"* est le même mot que *pollex*, il faut rejeter l'étymologie de *porricere* assignée à ce dernier par Corssen (*Vokalismus* [3], II, 208), qui est d'ailleurs bien peu satisfaisante pour le sens et pour la forme. Il est probable que *pollex* est un de ces mots où *ll* provient simplement du renforcement postérieur d'une *l* primitive (Corssen, I, 226 ss.). — Cette explication étant donnée, je traduis *Mal'tchik" s" Pal'tchick"* par « Petit Poucet. »

LE PETIT POUCET

(Afanasief, *Russkija dietskija skazki*, II, 143).

Il y avait une fois un vieux et une vieille. Un jour la vieille était en train de hacher des choux quand elle fit un faux mouvement et se laissa retomber la hache sur le petit doigt, si bien qu'elle se le détacha de la main. Elle le prit et le jeta dans le tas d'ordures derrière le poêle. Voilà qu'elle entendit une voix humaine qui partait de derrière le poêle et qui disait : « Maman, retire-moi d'ici ! » La vieille, toute saisie, fit le signe de la

croix et demanda : « Qui es-tu ? » — « Je suis
ton fils, né de ton petit doigt. » La vieille le prit
et le regarda : ah ! qu'il était petit, tout petit,
tout petit, on le voyait à peine par terre : elle
l'appela Petit Poucet. « Et papa, où est-il ? »
demanda Petit Poucet. « Il est allé aux champs.
— Je vais aller le rejoindre ; je l'aiderai. — Va,
petiot. »

Il arriva au champ où son père labourait :
« Dieu te garde, petit père ! » Le vieux regarda
tout autour de lui : « Voilà un prodige ! J'en-
tends une voix humaine, et je ne vois personne.
Qui est-ce qui me parle ? — Moi, ton fils. — Je
n'ai jamais eu d'enfant. — Je ne suis au monde
que de ce matin : maman hachait des choux pour
faire un pâté, elle s'est coupé le petit doigt de la
main, elle l'a jeté derrière le poêle, et voilà :
Petit Poucet était né. Je suis venu te rejoindre et
t'aider à labourer la terre. Va, petit père, assieds-
toi, mange ce que Dieu t'a donné, et repose-toi
un peu. » Le vieux fut enchanté, et il s'assit pour
dîner : quant à Petit Poucet, il se glissa dans
l'oreille du cheval et se mit à labourer ; mais
d'abord il dit à son père : « Si quelqu'un veut
m'acheter, vends-moi, et n'aie pas peur, je ne
serai pas perdu : je reviendrai bien à la maison. »
Voilà que par là passe un seigneur, il regarde et
il s'émerveille : le cheval va, la charrue laboure,
et d'homme point. « Ma foi, dit-il, c'est une
chose qu'on n'a jamais vue, et qu'on n'a jamais
entendu dire, qu'un cheval laboure tout seul pour
lui. — Est-ce que tu es aveugle ? » dit le vieux ;

« c'est mon fils qui laboure. — Vends-le moi. — Non, je ne le vends pas ; la vieille et moi, nous n'avons pas d'autre joie, d'autre consolation que lui. — Vends-le-moi, bonhomme, je t'en prie. — Eh bien ! donne mille roubles, il est à toi. — Comme c'est cher ! — Tu vois bien ce qu'il sait faire : il est petit, mais courageux ; il a bon pied bon œil, et fait bien les commissions. » Le seigneur compta les mille roubles, prit le petit, le mit dans sa poche et s'en alla chez lui. Mais en route, Petit Poucet fit caca dans sa poche, s'échappa par un trou et s'en alla.

Il marcha, marcha, et bientôt, voyant approcher la nuit il s'abrita sous un brin d'herbe, se coucha et se disposa à dormir. Par là passèrent trois voleurs : « Bonjour, mes garçons ! » dit Petit Poucet. « Bonjour ! — Où allez-vous ? — Chez le pope. — Quoi faire ? — Voler ses bœufs. — Prenez-moi avec vous. — A quoi nous seras-tu bon ? il nous faut des gaillards solides, qui ne donnent pas un coup sans briser des os. — Je vous serai très-utile : je me glisserai sous la planche qui ferme le bas de la porte et je vous ouvrirai la porte. — C'est une idée : viens avec nous. » Ils s'en allèrent tous les quatre chez le riche pope : Petit Poucet se glissa sous la porte, l'ouvrit, et dit : « Vous, frères, restez là dans la cour, moi j'entrerai dans l'étable, je choisirai le plus beau bœuf et je vous l'amènerai. — Très-bien ! » Il entra dans l'étable, et se mit à crier de toute sa force : « Quel bœuf faut-il prendre, le fauve ou le noir ? — Ne fais pas de bruit, » dirent les voleurs ; « prends celui dont le pied te tombera sous la main. » Petit Poucet leur amena le plus beau de tous les bœufs : les voleurs l'emmenèrent dans la forêt, le tuèrent, enlevèrent la peau, et se mirent à partager la viande : « Moi, frères, » dit Poucet, « je prends les boyaux : c'est tout ce que je demande. » Il prit les boyaux et s'en alla se coucher dedans pour dormir, afin de trouver la nuit moins longue. Quant aux voleurs, ils se partagèrent la viande et rentrèrent chez eux.

Un loup vint à passer par là, il avait grand' faim : il avala les boyaux et le petit avec : Poucet se trouva tout à coup dans le grand ventre tout vivant, mais il s'en faisait peu de souci. Mal prit au gris (*c'est-à-dire au loup*) de sa gloutonnerie ! S'il voyait un troupeau dont le berger dormait pendant que les moutons paissaient tranquillement, il s'approchait et prenait un mouton, mais Petit Poucet se mettait à crier à pleine gorge : « Berger, berger, âme des moutons (*locution consacrée*), tu dors, et le loup emporte un mouton ! » Le berger s'éveillait, se jetait sur le loup à coups de bâton et lançait sur lui ses chiens, et les chiens de le déchirer, que les flocons en volaient ! à peine s'il se sauvait vivant. Ainsi le loup jeûnait toujours et il allait mourir de faim. « Sors, » dit-il à Poucet. « Porte-moi chez mon père, chez ma mère, et je sortirai, » répondit Petit Poucet. Le loup arriva au hameau, entra tout droit dans la maison du vieux : aussitôt Petit Poucet sortit du grand ventre par derrière, s'assit sur la queue du loup et se mit à crier : « Battez le loup, battez le gris ! » Le vieux prit un bâton, la vieille un autre, et ils se mirent à battre le loup, et quand il fut mort, ils prirent la peau pour faire une *touloupe* à leur fils. Et ils se mirent à vivre ensemble, et ils vécurent longtemps heureux.

Le premier épisode de ce conte, la naissance de Poucet, est une curieuse variante à joindre à celles que j'ai rassemblées plus haut (p. 19-21). L'origine surnaturelle du héros du conte est là aussi clairement indiquée.

Le second épisode, ou *le Labourage*, est identique ici à ce qu'il est ailleurs, notamment dans les contes lithuanien, esclavon et roumain.

Le troisième épisode, *la Captivité de Poucet*, n'a été qu'indiqué plus haut; je vais le rapporter d'après les différentes sources, afin qu'on puisse apprécier la ressemblance frappante qui existe entre ces diverses versions recueillies si loin l'une de l'autre. — I. *Lithuanien*. « Passa en voiture un seigneur qui dit : « Mais, l'homme, est-ce que tes bœufs labourent comme cela sans personne ? » L'homme répondit : « C'est mon fils qui laboure, il est dans l'oreille d'un bœuf. » Le seigneur dit: « Vends-moi ton fils. » L'homme ne voulait pas, mais son fils lui dit : « Petit père, vends-moi seulement; s'il me couvre d'argent, il pourra m'emmener. » Le seigneur se dit : « Je n'aurai qu'à jeter une pièce sur lui, » mais il jeta sur lui un plein sac d'argent, le petit était toujours au-dessus; il versa

un second sac et il était encore au-dessus ; enfin,
il le couvrit avec un écu, alors le seigneur l'emmena chez lui. » La fuite de Poucet manque ici,
où il est emmené plus tard par des voleurs avec
les bœufs de son nouveau maître (altération évi-
dente). — II. *Esclavon.* Ce conte est très-délayé ;
je me borne à en donner la substance. Un marchand passe à cheval, s'arrête, étonné de voir des
bœufs qui labourent tout seuls, et, quand il a vu
Kerza, demande à l'acheter. Le père refuse, con-
sent ensuite sur le conseil de Kerza qui promet de
revenir, et le marchand emporte, dans une boîte,
le petit qu'il a acheté pour une somme énorme.
Celui-ci réussit à ouvrir la boîte, sort de la poche
et saute à bas du cheval. — III. *Roumain.* « Un
riche, riche boyar vit les bœufs qui labouraient
et le petit qui les menait, il dit au père : « Veux-
tu me vendre ce garçon ? » Le paysan dit non,
mais le petit diable lui fit signe de consentir. Le
boyar paya volontiers une somme considérable
et s'en alla, pensant avec plaisir à la surprise qu'il
allait faire à sa femme. Mais le petit, dans la poche
du boyar, éprouva un besoin, le satisfit, après
quoi il se glissa hors de la poche et revint en toute
hâte près de son père. » La fin manque dans ce
conte ; il a en commun avec le conte esclavon le
récit de la déconvenue de l'acheteur quand il veut
montrer sa belle emplette.— IV. *Allemand* (Grimm,
37). Je passe des détails un peu longs au commen-
cement ; il s'agit ici de deux hommes. « Ils s'ap-
prochèrent du paysan et dirent : « Vends-nous le
petit homme, nous le traiterons bien. » « Non,

répondit le père, c'est mon trésor, et je ne le vendrai pas pour tout l'or du monde. » Mais Daumesdick, entendant la proposition, grimpa le long de l'habit de son père, s'assit sur son épaule et lui murmura dans l'oreille : « Père, donne-moi donc, je reviendrai bien. » Alors le père le donna aux deux hommes pour une jolie somme d'argent. Ils le mirent sur le bord du chapeau de l'un d'eux.» La manière dont il s'échappa a été textuellement rapportée plus haut (n. 62). — Le récit du conte russe ressemble surtout au conte esclavon. — J'ai indiqué ci-dessus (p. 43 et notes 60-63), la ressemblance de cette aventure avec un trait de l'hymne à Hermès.

Le *Vol des bœufs*, quatrième épisode de notre conte, est ici raconté tout à fait comme dans le conte albanais ; le début seulement rappelle un des contes allemands (Grimm, 37). L'albanais, visiblement altéré et abrégé, se borne à dire : « Arrivés devant la maison du prêtre, le petit, qui n'était pas plus gros qu'une noisette, se glissa par les fentes de la porte, puis la leur ouvrit, et ils se sauvèrent en emmenant les bœufs. » Les détails sont plus semblables dans le conte lithuanien, malgré l'altération indiquée ci-dessus. Les cris intempestifs que pousse le petit voleur n'ont aucune raison d'être dans le russe : dans l'allemand il crie pour éveiller les gens du curé ; dans le lithuanien, il crie (beaucoup plus tard) pour effrayer les autres voleurs et garder seul le butin.

Mais l'intérêt particulier de cet épisode est dans un détail que j'aurais déjà pu remarquer dans le conte lithuanien, mais sur lequel le conte russe a fixé mon attention. On voit ici Poucet et ses complices tuer, écorcher et partager les bœufs, la nuit, dans un endroit écarté. Ce trait, avec les différences qui ressortent des caractères du récit, se retrouve d'une manière frappante appliqué à Hermès, dans l'hymne homérique (notez au v. 97, la mention de la nuit sombre, ὀρφναίη νὺξ) :

V.120 ἔργῳ δ'ἔργον ὄπαζε ταμὼν κρέα πίονα δημῷ,
ὦπτα δ'ἀμφ' ὀβελοῖσι πεπαρμένα δουρατέοισιν
σάρκας ὁμοῦ καὶ νῶτα γεράσμια καὶ μέλαν αἷμα,
ἐργμένον ἐν χολάδεσσι· τὰ δ'αὐτοῦ κεῖτ' ἐπὶ χώρης·
ῥινοὺς δ' ἐξετάνυσσε καταστυφέλῳ ἐπὶ πέτρῃ.....

V.127 Ἑρμῆς χαρμόφρων εἰρύσσατο πίονα ἔργα
λείῳ ἐπὶ πλαταμῶνι, καὶ ἔσχισε δώδεκα μοίρας
κλήροπαλεῖς· τέλεον δὲ γέρας προσέθηκεν ἑκάστῃ.

Voici le passage du conte lithuanien qui se rapporte à cet épisode : « Quand ils furent venus dans les champs et qu'ils tuèrent les bœufs, ils se dirent : « Qui de nous ira laver les boyaux ? — « Je suis le plus jeune, dit le petit, et le plus leste, je m'en charge. » Les voleurs lui dirent : « Bon, vas-y ! » Il porta les boyaux à la rivière, et en les lavant, il se mit à pousser des cris terribles : « Ah ! mon bon monsieur, je ne les ai pas volés tout seul ; il y a encore là trois hommes qui font rôtir la viande.» Quand ils entendirent ces mots, ils se sauvèrent et laissèrent là leur proie. » — On voit combien l'ignorance du récit primitif et le besoin de motiver ont altéré la narration ; mais il reste cette coïncidence bien frappante que la βοηλασία, si caractéristique de la légende d'Hermès et de celle de Poucet, est suivie, dans l'une comme dans l'autre, de l'égorgement des bœufs et de leur dépècement, opérés pendant la nuit dans la forêt.

Le quatrième épisode du conte russe, ou *Poucet avalé*, se présente dans des conditions particulières. J'ai dit plus haut (p. 28 et *pass.*), que le séjour de Poucet dans le ventre d'animaux divers se rattache essentiellement à ses fonctions de bouvier ou de laboureur, et que le premier animal qui l'avale est toujours un bœuf ou une vache. Le conte russe ne connaît pas cette première mésaventure du héros, et il est le seul ; car, dans le conte esclavon (v. p. 30), il en est resté au moins un vestige. Ce trait mérite l'attention si on remarque qu'il est indissolublement lié à cet égorgement nocturne des bœufs qui semble bien rapprocher Poucet d'Hermès. Peut-être le conte le plus ancien comprenait-il seulement : 1° *Poucet voleur de bœufs ;* 2° *Poucet avalé par le loup avec les entrailles du bœuf qu'il a tué ;* 3° *Poucet saisi par le propriétaire des bœufs ;* et n'at-il subi que plus tard l'intercalation de la première absorption par un bœuf (ou une vache). Cette intercalation aurait alors fait disparaître l'épisode du vol (gaëlique, forézien, grec), ou du moins l'aurait altéré comme il l'e.. dans les contes allemands (voy. p. 42) : les contes lithuanien et albanais, qui l'ont conservé, ne connaissent d'absorption ni par le bœuf ni par le loup, mais la fin en est sans doute tronquée, et il est très-permis de conclure par celle du conte lithuanien qu'il devait se terminer comme le conte russe (voy. ci-dessus, p. 88-89). — Cet épisode lui-même doit être une intercalation postérieure : le conte alors, dans sa période primitive, n'aurait compris, comme dans l'hymne homérique, que trois *moments* : Poucet vole les bœufs, — Poucet conduit les bœufs à reculons, — Poucet, surpris par le maître (gigantesque relativement à lui) des bœufs volés, se fait lâcher. — Puis, encore fort anciennement, on aura inséré entre la seconde et la troisième scène celle de l'absorption par le loup, enjolivement comique qui montre que le sens du mythe était perdu. Ensuite se sera intercalée l'aventure avec la vache, puis Poucet sera devenu un charretier ou un laboureur en même temps que les bœufs se seront transformés en char ou en charrue. La naissance miraculeuse, si différente chez les différents peuples, est venue en dernier lieu compléter la légende. Tout ce qui est en dehors est moderne et propre à telle ou telle version.

Si ces rapprochements sont un nouveau témoignage de l'ancienneté et de la diffusion de notre conte chez les peuples slaves, voici d'autre part une nouvelle preuve de sa popularité en France. Parmi les contes gascons qu'a réunis M. Bladé, et qu'il imprimera prochainement, figure celui de *Grun* (Grain) *de millet*, nom qui vient s'ajouter à la riche synonymie de notre héros, et qui rappelle d'une manière frappante les noms grecs de *Moitié de pois* et de *Grain de poivre*. D'après les quelques mots que m'en a dits M. Bladé, Grun de millet passe par la plupart des aventures que nous connaissons : il laboure, il est avalé par une vache, par un loup, etc.; je ne sais pas s'il se fait voleur et s'il vole des bœufs.

Je n'en persiste pas moins à croire à l'origine allemande de tous les contes français sur Poucet. D'une part, on ne trouve de traces de ce récit ni chez les Celtes, ni chez les autres peuples romans, tandis que chez les Slavo-Germains il est profondément enraciné ; d'autre part, tandis que plusieurs peuples slaves et allemands possèdent et le conte et le nom de la constellation, qui à eux deux composent le mythe, les Français, de même que les Grecs, les Albanais, les Ecossais, ne connaissent que le conte, bien plus facile à transmettre, mais dépouillé, par cet isolement, de sa signification primitive. Le *Char de Poucet* n'est connu que des Wallons, si voisins de l'Allemagne, et dont les mœurs, les croyances, la langue même ont subi une forte influence germanique.

Je termine par un rapprochement qui est peut-être une simple curiosité. M. Schlenker, dans sa *Collection of Teume traditiones,* etc. (London, 1861), a publié (p. 44-56) le texte original, et M. Bleek, dans son *Reineke Fuchs in Afrika* (Weimar, 1870), a donné la traduction allemande d'un conte teumé (le peuple *Teumé* habite la côte de Sierra-Leone) que ce dernier appelle *Poucet (der Daümling)*. Dans ce récit confus et vague, mais pourtant moins incohérent que la plupart des contes africains, on trouve, en effet, un épisode qui rappelle l'odyssée de Poucet. Il s'agit d'un personnage appelé Sire Taba, sur lequel on ne donne aucun détail, mais qui se trouve associé, pour plusieurs actions très-peu louables, avec l'araignée (cet animal joue un grand rôle dans la mythologie populaire du nord de l'Afrique).

« La nuit suivante, quand tout dormit, l'araignée appela Sire Taba, et tous deux s'en allèrent à l'endroit où étaient attachées les vaches du roi. L'araignée frotta sous le nez une des plus belles vaches avec un onguent qu'elle avait apporté, et la vache les avala tous deux. « Il ne faut pas toucher au cœur, » dit l'araignée, quand ils furent dans la vache ; puis elle tira un couteau et coupa à la vache un bon morceau de viande ; elle le mit dans une corbeille que Sire Taba lui tenait ; et quand la vache ouvrit la bouche pour bâiller, tous deux se glissèrent dehors. Après avoir vécu pendant quatre jours de la viande ainsi gagnée, ils rentrèrent une nuit dans la vache de la même façon. Sire Taba coupa avec son couteau un des rognons de la vache, mais l'araignée lui cria : «A la poitrine, Sire Taba. » Sire Taba coupa maladroitement les tendons du cœur, et la vache tomba morte. L'araignée se cacha vite sous le foie, et Sire Taba dans son angoisse se fourra dans l'estomac. — Le lendemain, les valets du roi trouvèrent la vache morte; on lui ouvrit le ventre, puis avec des haches on sépara la chair des côtes. Voilà que l'araignée se mit à crier du dedans : « Ne m'attrapez pas, ne m'attrapez pas! » Tous, effrayés, se sauvèrent et allèrent dire au roi que la vache morte parlait. — Le roi vint lui-même et ordonna de recommencer l'opération. Enfin on trouva l'araignée et le roi commanda de la fouetter : on l'attacha à un arbre, mais à peine avait-elle reçu le premier coup qu'elle s'écria : « Sire Taba et moi nous étions ensemble. — Où est Sire Taba, alors ? » demanda-t-on. Comme l'araignée ne pouvait le dire, le roi dit : « Tu mens, araignée; c'est toi qui as tué ma vache. » — Cependant Taba se tenait caché dans l'estomac de la vache. On envoya les enfants au ruisseau pour laver les boyaux; comme ils en secouaient le contenu dans l'eau, Sire Taba sortit doucement, ne reparut que de l'autre côté du ruisseau, et se mit à crier : « Pourquoi me traitez-vous de la sorte? — Oh! Sire Taba, dirent les enfants, nous ne savions pas. »— Quand le roi entendit la voix de Sire Taba, il accourut et demanda ce qu'il y avait. « Ah! dit-il, les enfants m'ont couvert d'ordures pendant que je me baignais. » Le roi alla lui-même chercher une chemise et des culottes et dit à Sire Taba : « Lave-toi, ami, et habille-toi. » Sire Taba obéit et alla avec le roi à la ville. »

La circonstance des boyaux qu'on lave, qui se retrouve dans un si grand nombre de nos contes, ne permet guère de douter, quelque différemment qu'elle se présente ici, d'un lien entre Poucet et Sire Taba; il en est de même des cris poussés par l'araignée, qui sont identiques à ceux de Poucet dans le n° 45 de Grimm (« Ne hachez pas trop fort, ne hachez pas trop fort, je suis dessous »). Mais ce lien est sans doute tout extérieur. Les peuples de ces régions sont en contact fréquent avec les Européens, et ce conte n'est pas le seul où on puisse retrouver une influence étrangère. L'épisode du séjour de Sire Taba dans la vache doit provenir dans le conte teumé des aventures de Daümling, entendues par quelque nègre. Il faut d'ailleurs remarquer la ressemblance de la fin avec un épisode du *Chat botté*.

En relisant ce petit livre, j'y trouve une contradiction au moins apparente, sur laquelle je dirai quelques mots pour terminer.

On lit p. 2 et suiv. que les peuples indo-européens n'ont jamais possédé de religion sidérale, et il semble que cette vérité soit contredite par l'hypothèse émise plus loin, d'après laquelle le conducteur du char ou du troupeau céleste, Poucet, serait proprement un dieu et devrait être identifié avec Hermès enfant. Mais le mot *dieu* n'a ici que le sens d' « être surnaturel », et il n'implique aucune idée de *culte*, ce qui constitue l'essence d'une religion. Les mythes ont leur source dans deux dispositions naturelles à l'esprit humain ; la *crainte* des puissances sur lesquelles l'homme n'a aucun empire, et le *désir d'expliquer* les phénomènes qu'il ne comprend pas. De ces deux sentiments, le premier seul donne naissance à des croyances *religieuses* proprement dites, qui s'expriment toujours par la *prière* et le *sacrifice*, c'est-à-dire par les efforts faits pour se rendre favorables les puissances supérieures. Le second n'a donné naissance qu'à des *fables* qui n'ont eu longtemps aucune conséquence religieuse, et qui, si elles ont souvent fini par être attirées et absorbées dans les systèmes religieux devenus de plus en plus complexes, n'en ont pas moins gardé un caractère profondément distinct. C'est dans ce sens que j'ai dit que les ancêtres de notre race n'ont pas eu de religion *sidérale,* c'est-à-dire qu'à l'exception du soleil et de la lune, auxquels ils reconnaissaient ou attribuaient une influence sur leur existence, ils n'ont point adoré les astres, comme l'ont fait les Sémites. — Quant à Hermès, qui est certainement un *dieu* dans le sens le plus complet du mot, il ne faut pas oublier que le mythe du *petit bouvier céleste* était, si on admet ma conjecture, originairement étranger à sa mythologie, et n'a été rattaché *à son nom* que bien postérieurement.